中国民间故事

肖维玲 主编

山东大学出版社
SHANDONG UNIVERSITY PRESS
·济南·

图书在版编目（CIP）数据

中国民间故事 / 肖维玲主编. -- 济南 : 山东大学出版社, 2025. 6. --（快乐读书吧系列丛书 / 肖维玲主编）. -- ISBN 978-7-5607-8848-7

Ⅰ. I277.3

中国国家版本馆 CIP 数据核字第 20253CU092 号

责任编辑　孙艳凤
文案编辑　孙婷婷
封面设计　李文静

中国民间故事
ZHONGGUO MINJIAN GUSHI

出版发行　山东大学出版社
社　　址　山东省济南市山大南路 20 号
邮政编码　250100
发行热线　(0531)88363008
经　　销　新华书店
印　　刷　天津联城印刷有限公司
规　　格　710 毫米 ×1000 毫米　1/16
　　　　　9.5 印张　190 千字
版　　次　2025 年 6 月第 1 版
印　　次　2025 年 6 月第 1 次印刷
定　　价　35.00 元

《中国民间故事》导读

在悠悠的历史长河中，中国民间故事如同璀璨的星辰，照亮了古老的土地，滋养了中华民族的文化土壤。这些故事在传承中，经过岁月的打磨，成为中华民族精神的瑰宝。走进《中国民间故事》的世界，我们仿佛穿越时空的隧道，触摸到了那古老而深情的文化脉搏。

民间故事的起源

民间故事时代久远，都是经过无数代人智慧的打磨与情感的浸润，最终被文字记录下来。每一个故事，都由简单到复杂，经过了许多变化，形成了许多大同小异的版本。我们可以跨越时空的长河，去感受先人们对生活的热爱、对自然的敬畏以及对世界的思考。

民间故事的内容与分类

中国的民间故事，宛若一幅精妙绝伦的画卷，绘就了中国古代人民的幻想与智慧。它徐徐展开，悄然引领我们步入那斑斓多彩的文化殿堂。

① 神话传说与自然崇拜

在民间故事的绚丽织锦上，神话传说是最古老的纹样，它们源自人类对自然的敬畏与崇拜。中国的神话故事，往往通过赋予自然现象以神性和人格，将自然力量拟人化，虚构出一系列具有超自然力量的神话人物。这些传说不仅象征着人与自然的深刻联系，更映射出古人对宇宙秩序的敬畏与思考。

② 英雄传说与民族精神

中国的英雄传说是民间故事中极具影响力的一类，它们如同矗立在民间故事之林中的参天大树，映照出了人们心中对正义、勇气与忠诚等崇高品质的无限敬仰。

③ 爱情传说与人文关怀

爱情传说是中国民间故事中的璀璨瑰宝，里面浪漫而凄美的情节，细腻地表达了人们对纯真爱情的追求与歌颂，映射出人类对真挚情感的永恒渴望。牛郎织女的传说，便是其中的典范，不仅传递出古人对忠贞不渝的爱情的美好祝愿，更通过他们跨越天地的苦难与坚持，表达了古代社会中个体对抗权势、追求幸福的深切渴望。

④ 生活故事与民间智慧

在中国民间故事的宝库中，生活故事以其独特的魅力深受人们喜爱。这些故事里主人公机智、风趣的表现，不仅为人们带来了欢声笑语，更在轻松愉快的氛围中显现出深刻的道德寓意与生活智慧。如在《田螺姑娘》中，农民用撒盐的巧妙办法消灭蚂蟥，成功救下了田螺姑娘，就体现了人们面对困境时的机智与应变能力，歌颂了劳动人民的生活智慧。

⑤ 其他民族故事

我们熟悉的神话传说与民间故事多为汉族的，但其实其他民族也有许多美丽的传说与动人的故事。这些故事既有与我们熟悉的汉族故事类似的地方，体现了我国民族融合的悠久历史；也充满了别样的风情，记载了各民族千百年来的生活智慧与喜怒哀乐。

民间故事的特征

1 口头传承、集体创作

中国民间故事是从无数代人的口耳相传中延续下来的。正是这种口头传承，赋予了民间故事无限的生命力和灵活性，它们像一首古老的歌谣，虽然旋律依旧，歌词却因每个时代、每个讲述者的不同而各具特色。这种灵活性不仅让故事在流传中得以更新，还使它们能够在不同的场合、不同的听众面前展现出不同的风貌，始终保持鲜活与生动。

如果说口头性质是民间故事的灵魂，那么集体性质便是它的根脉。这些故事并非某一位作家的独创，而是在无数代人的共同创作与改编中形成的。它们汇聚了一个群体的智慧与情感，承载着大家共同的记忆与经验。集体性质使得民间故事成为文化的集体记忆，是一代又一代人思想与生活的写照。这种集体创作的过程，就像河流汇入大海，每一条支流都为故事增添了新的内容与色彩，才成就了大海的波澜壮阔。

2 幻想性与真实性

中国民间故事往往以超越现实的情节，带领人们进入一个神奇的世界。在这个世界里，山川草木皆有灵性，神仙妖怪与人共存。无论是天庭的浩瀚，还是幽冥的神秘，这些幻想性的元素都让民间故事充满了神秘与奇幻的色彩。

然而，正如山川再美，终须有大地承载，中国民间故事中的幻想亦根植于现实的土壤之中，其主题、角色与主要情节，无不与生活的逻辑紧密相连，部分故事甚至来源于真实的历史，如《孟姜女》便与秦始皇修长城的历史相关。这些故事都源于真实的社会现象和真挚的情感体验。

在现实的基石上，故事的幻想元素显得更加生动鲜明，而故事中的现实关照，也因幻想的点缀而更具感染力。

3 象征性

中国民间故事中的人物往往被赋予了超越个体的象征意义，他们不仅是故事中的角色，更是某种普遍价值观念或社会理想的化身。梁山伯与祝英台的化蝶传奇，使双飞的蝴蝶成为自由恋爱的永恒象征。

中国民间故事中的象征性质不仅限于个人道德与情感，而且扩展到整个社会，承载着集体记忆与民族精神。这些象征不仅增添了故事的趣味性和神秘感，更承载着悠久的历史记忆与文化智慧，成为世代相传的精神财富。

4 地域性

每片土地都有它们独特的历史，而民间故事则是这些历史记忆的生动载体。西湖的秀丽与神秘，孕育了《白蛇传》这段凄美的爱情故事；黄河的波澜壮阔，则成就了《大禹治水》这一宏伟的英雄史诗。每一片山水，都是故事的灵魂所在。通过这些故事，不同的地域、不同的民族都能在中华文化的宏大叙事中找到自己的位置，形成多元一体的文化格局。

如何阅读中国民间故事

阅读《中国民间故事》，如同漫步在一片古老而神秘的森林中，每一步都能踏出历史的回响，每一眼都能窥见文化的深邃。为了能更好地领略这些故事的魅力，下面的阅读方法将引导你踏上一段丰富多彩的文化之旅。

1 读一读，读出情感的起伏

朗读是进入中国民间故事的第一步。随着声音的抑扬顿挫，故事中的人物仿佛跃然眼前，他们的悲欢离合、爱恨情仇，都在我们的心中缓缓展开。朗读，让我们与故事产生了最直接的情感共鸣，也为接下来的深入探索奠定了基础。

2 查一查，了解背景知识与文化常识

每一个中国民间故事都深深扎根于特定的历史与文化背景中，要真正理解这些故事，必须查阅与之相关的背景知识与文化常识。例如，在阅读《白蛇传》时，了解江南水乡的风土人情、西湖的历史传说以及佛教文化的影响，能够帮助我们更好地理解

故事中的矛盾与冲突。查阅背景知识是解开故事背后深意的钥匙，能够让我们在更广阔的文化视野中领会故事的精髓。

3 想一想，想象故事的画面

通过想象，我们能够将文字转化为生动的画面，重现故事中的场景与情节。例如，在阅读《梁山伯与祝英台》时，想象两人在楼台相会的情景，想象他们化蝶而去的那一瞬间，能够让我们更加深入地体验故事的情感与氛围。

4 品一品，品味故事的语言

故事中的每一句话、每一个比喻，都可能蕴含着丰富的文化内涵与情感表达。譬如，民族故事中的歌谣生动悦耳，充满了浓郁的感情色彩。品味这些语言之美，能够使我们在阅读过程中获得更为深刻的审美体验。

5 猜一猜，预测故事发展的走向

中国民间故事虽然充满了奇幻与神秘，但其背后往往隐藏着严密的逻辑与深刻的道理。阅读时，我们要善于思考故事的逻辑，去探究其中的因果关系。通过思考这些问题，我们能够深入理解故事的内在结构与道德寓意，揭示出隐藏在故事表象下的深层思想。

6 记一记，记下故事的知识点

每一个故事都蕴含着丰富的历史、地理、文化等方面的知识，记录这些知识点，能让我们在今后的阅读与学习中进行更多的串联和应用。

目录

·真情至性

宝莲灯 /2

白蛇传 /9

孟姜女 /14

梁山伯与祝英台 /20

田螺姑娘 /24

·习俗风物

兔儿爷 /30

鲁班借龙宫 /34

龙眼的传说 /39

番薯 /43

神女峰 /45

望娘滩 /50

神农架的由来 /55

·智勇侠义

巧媳妇 /60

聚宝盆 /65

徐文长难倒窦太师 /68

八仙过海 /74

聂隐娘 /81

·民族故事

一幅壮锦（壮族）/88

刘三姐（壮族）/98

灯花（苗族）/107

龙牙颗颗钉满天（苗族）/112

长发妹（侗族）/125

马头琴（蒙古族）/133

种金子的老汉（维吾尔族）/139

真情至性

宝莲灯

连绵纵横的华山，龙脊处有一座层云掩映的山峰——莲花峰——巍然屹立。山脚有一道狭长的裂缝，黑云洞就隐藏在裂缝深处。山洞终年不见天日，只有黑雾翻腾，阴风呜咽。

不知何时起，黑云洞中亮起了一盏灯，在夜色里光芒万丈，驱散了所有黑暗。细看去，这盏灯状若莲花，莹白如玉，灯光泛着七彩霞辉——正是传说中的宝莲灯。

宝莲灯静静悬在洞室之中，灯光柔和，映出一个孤独的女子身影。她正是镇守华山的三圣母杨婵(chán)，虽生得粉面朱唇、目若秋水，却眉头紧蹙(cù)、满面愁容。她已被困在黑云洞中多日，困住她的不是别人，正是她的亲哥哥——二郎神杨戬(jiǎn)。

三圣母曾奉天庭之命，持宝莲灯镇守华山，几百年来谨守仙职，护佑百姓，从未出过任何差池。直到那一日，她遇到了进京赶考的书生刘彦昌。

刘彦昌相貌俊秀、文采斐(fěi)然。他路过华山，听闻此处风景壮美，便迎着猎猎山风、踏着嶙峋(lín xún)山石，一步步登上了山顶。走进山顶的圣母庙，他一下就被大殿中央的三圣母塑像吸引了，神像神态端庄、姿容妍丽，刘彦昌不知不觉看呆了。等回过神，他立刻跪下朝拜，请三圣母娘娘原谅他的失礼，并许愿娘娘无病无灾、平安喜乐。

三圣母觉得有趣，这凡人不为富贵求签，也不为功名祈福，反倒替神仙许愿。她悄然变作一道虚影，随刘彦昌同行，很快又被书生的才情打动，她千百年来独自守望的寂寞，好像遇到了可以诉说的对象。

刘彦昌离开前，再次来到圣母庙，挥毫泼墨，写下一首情真意切的诗，恭敬地呈于神像之前。三圣母被他的真心感动了，即使天规森严，禁止仙凡相恋，她还是选择现身，与刘彦昌互通心意。二人情投意合，结为夫妻，暂居在华山脚下。

思辨

在古代，男女少有婚姻自由，仔细思考一下，森严的天规象征着什么呢？

转眼间，刘彦昌进京赶考的日子到了，三圣母却不愿和他一起走。她告诉刘彦昌，哥哥二郎神很快要来看望自己，等她和哥哥说清楚，就进京和刘彦昌团聚。刘彦昌虽万般不舍，也只好先行离开。

那是一个云雾翻涌的清晨，二郎神驾云来到了莲花峰顶。他见到妹妹，还没寒暄(xuān)几句，就听妹妹说，自己已与一凡人男子结为夫妻。二郎神顿时大怒，质问妹妹知不知道自己在做什么。

三圣母平静地回答说：“我当然知道。”

二郎神又急又怒：“妹妹，你难道忘了，我们的父母便是因情误道，以致坎坷漂泊、未得善终！趁天庭还没发现，你快和那凡人断了吧！”

三圣母说什么也不愿意。看着她倔强的样子，二郎神手中的三尖两刃刀微微颤抖，多年前母亲被压桃山的景象，他仍记忆犹新。他上前一步，想强行带妹妹上天庭请罪，好求得王母网开一面。但宝莲灯霞光涌动，他无法靠近妹妹分毫。兄妹僵持不下，二郎神设下阵法，将妹妹困在黑云洞中。

一天夜里，二郎神悄悄唤来了哮(xiào)天犬。哮天犬潜入洞中，趁三圣母静坐沉思的时候，无声无息地偷走了宝莲灯。二郎神又找来巨石堵住洞口，他心想：凡人的寿命何其短暂，等那书生老去，妹妹自会醒悟，届时再放她出洞也不迟。

但他没想到的是，三圣母已经怀有身孕。

她在黑云洞中生下了一个男孩，痛不欲生，几乎舍去了半条性命。想到刘彦昌曾送给她一块家中祖传的、品质稀有的沉香，她便为孩子取名“沉香”。

三圣母身陷囹圄(líng yǔ)、寸步难移，为了孩子能得到好的生活，她将沉香托付给土地公，请他帮忙将沉香送去刘彦昌身边。土地公本就同情三圣母、为她鸣不平，在二郎神的默许下，他抱着襁褓(qiǎng bǎo)中的沉香成功离开了华山。

可怜刘彦昌金榜题名，正准备回华山与妻子团聚，却被土地

你知道吗

土地公即土地神，是管理一方的社神。秦汉以后被广泛祀(sì)奉，通常在民间故事中扮演守护、关照众生的角色。

公拦住了去路。听着妻子不幸的遭遇，看着孩子稚嫩的小脸，他心头的万分悲痛，都化作了无助的怒吼和不甘的眼泪。他恨不得立刻奔赴黑云洞，与妻子同受苦楚。但他知道，一来二郎神不会允许；二来，沉香几乎失去了母亲，又怎么能再失去父亲呢！他只能将哀伤埋在心底。

多年后，沉香在他的细心教养下长大了，长得善良又聪敏。他见学堂伙伴、树上鸟儿、水中鱼儿都有母亲，也缠着父亲，问自己的娘亲去哪儿了。刘彦昌拗(niù)不过，将三圣母被二郎神压在华山下受苦的事告诉了他。

听完父亲的讲述，沉香沉默了很久，他小小的拳头紧紧握着，眼中浮起从未有过的坚定：“我一定要救娘亲出来！”

刘彦昌却不赞同：“沉香，你还小，何况你舅舅是天神，你如何与他抗衡(héng)？”

“他既是我的舅舅，为何不护着我们，反而将我娘压在华山下？”沉香不明白。

几天后，沉香趁父亲外出，偷偷跑出家门，翻山越岭，来到了二郎神的神庙。那庙宇云雾缭绕，神威赫赫。沉香跪在庙前，磕头求见二郎神。

霎时间，一道银光从天而降，二郎神身披银甲，驾云来了。沉香还是第一次看见神仙，他略一晃神，便立刻想起正事，连磕了几个头，恳求舅舅放过母亲，让他们一家团聚。

二郎神酝酿(yùn niàng)了几句狠话，正要说出口，看见沉香与妹妹相似的脸庞，脸色瞬间变得复杂，只柔声说：“沉香，天规不可违。你若执意如此，不但你娘性命难保，连你也可能受天罚。你想要名利富贵，舅舅都能成全，但你娘的事，绝无可能。”

沉香咬着牙，眼圈泛红：“哪怕身受天罚，我也要救出母亲！”

二郎神沉默不语，沉香见此不再说什么，深深行了一礼，便转身离去。背影虽小，却格外坚定。二郎神放心不下，也悄悄跟了上去。

跨界阅读

《宝莲灯》曾被改编为优秀的电影动画，不妨找来看一看，感受一下沉香和三圣母之间动人的亲情吧！

沉香朝着华山的方向，一路跋山涉水，好不容易到了，但崇山峻岭、白雾茫茫，哪里也寻不到母亲的身影。当晚，沉香宿在山下破庙里，他到底是个孩子，离家万里，一想到父母，就忍不住放声痛哭起来。

忽然雷电交加，一位白发白眉的老者出现在了破庙中，他自称是路过此地的霹雳（pī lì）大仙，见沉香一片孝心、不惧天威，愿收他为徒，传他神通。

沉香不疑有他，急忙跪地拜师。

自此，他随霹雳大仙在山中修炼，寒暑不辍（chuò），不舍昼夜。时光荏苒（rěn rǎn），沉香的法术日渐精进，心中的信念始终如一。

十六岁那年，霹雳大仙将他唤到雷台之上，语重心长地说："徒儿，你修为已成，为师没什么能再教你的了。这柄'开山神斧'，能断山岳、斩妖邪，今赠予你，去吧——记住，劈山不在于力，而在于心。"

沉香恭敬地接过神斧，谢过师父，便直奔华山。来到莲花峰前，他高喊："娘——娘，孩儿来救你了！"同时挥起神斧，猛然劈下！

刹那间雷霆万钧，天地震动，碎石飞溅。远在天庭的二郎神听到这番动静，急忙赶来，阻止沉香。三尖两刃刀和开山神斧斗在一起，斗得地动山摇、日月无光。

你知道吗

《宝莲灯》原名《劈山救母》，是中国流传非常广的民间故事，在过去有非常多的戏文讲述这个故事，一直非常受小朋友的欢迎。

消息传上天庭，震动了玉帝和王母。王母见沉香如此坚毅，不禁长叹道："世间难得孝子，也罕见至情，罢了，罢了。"她命二郎神收兵，同时将宝莲灯交还给了沉香。

于是，在宝莲灯冲天的光辉中，沉香心神合一，奋力劈下神斧。只听得轰然一声巨响，华山应声而裂，三圣母从裂缝中缓缓走出。

“沉香——”

“娘！”

母子相拥而泣，十六年的分别，终于在此画上了句号。不久后，刘彦昌也赶到了华山。昔日的书生早已生出了白发，不复年轻。一家三口紧紧相拥，只愿此生不再分离。

从此，华山莲花峰留下了一道巨大的裂谷。每当夜深，总有一道淡淡的光自裂谷升起，据说那是宝莲灯的光，照见天地间最动人的孝心与真情。

白蛇传

一条小白蛇正蜷在草丛里打盹(dǔn)，却不想被一只如铁钳(qián)一般的手捏住了七寸。可怜的小白蛇就这样被提了起来，怎么挣扎都逃不出捕蛇人的手掌心。幸好此时一位小牧童经过，见小白蛇眼泛泪光，十分可怜，便向捕蛇人反复求情放了它。

小白蛇将这份恩情铭记于心，发誓要好好修炼，日后报答恩公。一千年转眼过去，小白蛇终于修成人形，并给自己取名为白素贞。她决定要下山游历，寻找自己的恩人。她身边还跟着一条修炼百年的小青蛇，名叫小青。她们俩情同姐妹，感情深厚，姐姐要去人间寻恩人，妹妹自然紧紧相随。

小青问道："姐姐，一千年都过去了，那小牧童不知轮回了几世，谁知道他现在到底是个老头子，还是个美娇娘？就算他站在你面前，又怎么认得出呢？"

白素贞微微一笑，眼中满是笃(dǔ)定："此前我有幸拜见观音菩萨，她见我虔(qián)诚向善，便指点我说：'清明时节，西子湖畔(pàn)，断桥之上，那执伞人就是我的恩人。'"

待到清明，和风轻抚，天色明朗，正是个大好晴日。

白素贞与小青在桥上等了一天，始终不见有人持伞出现。小青正要抱怨，忽见远处有个年轻人低着头，匆匆赶来。小青兴奋地让白素贞去看，只见那人眉目俊秀，面容温和，怀里正抱着一把油纸伞。白素贞心中一动，想必此人便是恩人了。

年轻人着急乘船回家，并没有注意到姐妹俩。这难不倒她们，她们施展法术，原本晴朗的天空竟淅(xī)淅沥(lì)沥下起雨来。雨势渐大，姐妹俩狼狈不堪地走到船边。那年轻人见了，赶忙邀请她们一起乘船避雨。三人在船中相谈甚欢，气氛融洽。待雨势渐弱，年轻人还将自己的雨伞借给了两位姑娘。

白素贞忙推却道：“这如何使得？你把伞借给我们，自己岂不要淋雨？”

“姑娘别这么说。”那年轻人摇摇头，笑得有些憨厚，“我淋点雨无妨，若你们受凉生病，那便不好了。”说完，他就打算冒雨离开。

小青拦住他问道：“你还没告诉我们你叫什么呢，我

们又该去哪里找你还伞呀？”

年轻人说：“我叫许仙，去杭州城最大的那间药铺就能找到我。”

于是，姐妹俩便在杭州住了下来。过了几日，她们就带着雨伞去药铺道谢。此后，许仙与白素贞时常不期而遇，见面次数渐多，两人之间暗生情愫（sù），最终结为夫妻。在白素贞的全力支持下，许仙开了一间属于自己的药铺，取名为“保和堂”。夫妻俩每日看诊抓药，救死扶伤，救治无数病人，深受百姓爱戴。

你知道吗

《白蛇传》是我国四大民间爱情传说之一，最早源自唐代，还被列入了“第一批国家级非物质文化遗产”。

这一年风调雨顺，无病无灾，白素贞还有了身孕。时近端午，天气渐热，白素贞的肚子也越来越大。许仙心疼妻子，便让她在家中安心休息，自己挑起药铺的生意。他正忙得不可开交时，一个白胡子白眉毛的老和尚找上门来。

老和尚一脸严肃地说：“贫僧法号法海，乃金山寺住持。许施主，你的妻子并非普通人，而是一条千年蛇精。你且速速离开，以免丢了性命，待贫僧降伏蛇精，你再回来。”

许仙生气地说：“整个杭州城都知道，我娘子最是善良贤淑，救人无数，绝不可能是害人的妖精！”

法海不死心：“你若不信，可敢在端午节试探她一番？”

许仙怒火中烧，直言定会证明妻子的清白，便将他赶走了。

依法海所言，端午时节正是蛇精法力最弱的时候，只要饮下雄黄酒，便会现出原形。许仙便备好雄黄酒，劝妻子喝下。酒一入肚，白素贞就觉浑身发热，竟无法再控制人形，赶忙躲到屋内。许仙担心妻子的身体，忙追了过去，没想到一打开房门，房内白光一闪，一条足有数丈长、水缸粗细的大白蛇就出现在他眼前。许仙被吓得昏倒在地，三魂七魄(pò)散了大半。

白素贞醒来后，发现丈夫竟被自己吓去了半条命，顿时心如刀绞(jiǎo)。她冒着生命危险前去偷盗仙草，即便被守仙草的仙人打得遍体鳞(lín)伤也不肯放弃。幸好南极仙翁经过，问清楚她盗仙草的原因后，被她的真情打动，赠药给她，这才救了许仙一命。

见许仙醒来，她心中愧疚(kuì jiù)更甚，忍不住落下泪来，道："对不住，我本是蛇精，却还骗你与我成亲。"许仙忙拉住妻子的手，安慰她说："你是蛇精，但也是我的妻子，是杭州城的大恩人。我感激你还来不及，又怎么会怨你呢？"白素贞忙把一切和盘托出。许仙也没想到，他们夫妻竟是在一千年前就结下了缘分。

这场危机过后，夫妻俩之间再无隐瞒(mán)，感情愈发深厚。法海见这一人一妖不知悔改，直接将许仙抓去了金山寺。白素贞带着小青一同去金山寺要人，奈何任凭她苦苦哀求，法海都不为所动，直言人妖殊途，让白素贞回深山去。小青气不过，便化出双剑攻向法海，却终因实力不敌，被法海打成重伤。

丈夫被囚，小妹重伤，白素贞委屈至极，再也无法忍耐。她催动法力，召来倾盆大雨，掀起滔天巨浪，带着滚滚洪水扑向金山寺。法海毫无惧色，他解下袈裟(jiā shā)抛向空中，化作一堵光墙，牢牢护住寺庙。两人这一番斗法，一时间天地变色，风雷四起。渐渐地，白素贞落了下风，她腹中疼痛，法力也逐渐耗尽。洪水脱离了她的控制，竟涌向了杭州城，淹死了许多无辜百姓。白素贞闯下大祸，却已无力再去救护百姓了。她在风雨中艰难地生下孩子，立刻就被法海关入金钟罩，镇压在雷峰塔下。

怀中幼子尚在嚎啕(háo táo)大哭，杭州城也是一片狼藉，许仙选择承担起全部责任。他出家当了和尚，守在雷峰塔下修行，一边为杭州百姓祈福，一边将儿子养大成人。雷峰塔中，白素贞也是日夜诵经念佛，为自己的过错赎(shú)罪。

转眼二十年过去，昔日哭号(háo)的婴儿许仕(shì)林长大成人，考取了状元。他从父亲那里了解到了真相,从杭州城出发，一步一叩首，终于来到雷峰塔下，跪拜自己的母亲。这份孝心感动了观音菩萨，她令法海放出白素贞，让一家人天伦重聚。小青也回到了白素贞身边，一直陪伴着姐姐。

如今，雷峰塔依旧矗(chù)立于西子湖畔，静静聆(líng)听着人们传唱白娘子的故事。

孟姜女

相传八达岭山脚下有两户人家，一户姓孟，一户姓姜，中间隔着一道矮墙。两家人淳朴善良，常年互助，亲如一家。

一年春天，孟老汉在墙边种下了一株瓜秧。这瓜秧越长越旺，绿叶繁茂，粗壮的藤蔓(wàn)攀上墙头，一路爬进了隔壁姜家的院子。没多久，藤蔓深处便结出了一个圆滚滚的大瓜。

这天，姜老汉见瓜熟了，便走上前摘下。他刚想拿刀切开，忽见一道金光从瓜上划过，刺得人睁不开眼。再定睛一看，那瓜竟自行裂开，露出一个白白胖胖的女娃娃。她眼睛晶亮，脸颊红润，见人便咯咯直笑，宛如画上的仙童。

> **你知道吗**
>
> 孟姜女其实是历史上的真实人物，孟姜女的故事也经历了许多演变才成为今天这个样子，它象征了古人对封建统治的反抗精神。

两家人膝下都没有儿女，见这孩子模样喜人，便都想认作自家骨肉。两家人争了半天，不舍得伤了和气，最终达成共识：既然这孩子是天赐的，就由两家一同抚养，姓孟也姓姜，就叫“孟姜女”。

光阴荏苒，孟姜女在两家人的疼爱下渐渐长大，出落得眉清目秀、温婉贤淑。她不仅精于女红(gōng)，还能识文断字，是方圆十里人人称道的佳人。等她到了及笄(jī)之年，孟姜两家开始为她筹谋(chóumóu)婚事，想为她寻一位品行端正、才学出众的如意郎君。

此时正值秦始皇大修长城，朝廷四处征调壮丁，成千上万的好男儿背井离乡，只留下孤弱的妻子侍奉老人、抚养稚(zhì)子。百姓怨声载(zài)道，却无可奈何。

那年初夏，一位陌生的青年翻墙闯进了孟家后院。他面色苍白，满身尘土，大口喘着粗气，分明是逃难来的。孟姜女正在庭前浇花，见状惊呼出声：“你是何人？怎么擅(shàn)闯民宅？”

青年慌忙起身作揖(yī)，诚恳道：“姑娘息怒，我并非贼人，只因遭官兵追捕，无路可逃，才闯入贵府。还望姑娘大发慈悲，救我一命。”

他语气沉稳，神色坦然。孟姜女细看他，虽衣衫褴(lán)褛(lǚ)，却举止不凡，眼中透出一股书生清气，也觉得此人并非匪(fěi)徒，便将他带去见父亲。一番盘问后，他们才知道青年人姓范名喜良，原是江南书香门第的读书人，因不堪苛(kān kē)役被迫逃亡到了这里。

孟老汉很是同情范喜良，见他品行端正，便收留他暂住。范喜良感激涕(tì)零，他不仅干活非常勤快，还在农闲时教乡里孩童识字。他的行为渐渐赢(yíng)得了村里人的尊敬，也博得了孟姜女的欢心。两个年轻人朝夕相处，情愫暗生，不久便在孟、姜两户人家的撮(cuō)合下结为了夫妇。婚礼虽然仪式简单，却充满了温情。

然而好景不长，婚后不久，竟有小人嫉妒(jí dù)范喜良娶到了孟姜女，向官府告密，说范喜良是逃役之人。一天深夜，官兵破门而入，将范喜良强行押走，送往边关修筑长城。孟姜女哭喊着追出门外，却只能眼睁睁看着丈夫被带走，身影越来越远。

孟姜女在家中日日期盼着丈夫的消息，可三年光阴流逝，春去秋来，草木枯荣，她始终不曾收到一点音信。

一个风雨交加的夜晚，孟姜女辗(zhǎn)转反侧，竟梦见丈夫身处荒野，形容枯槁(gǎo)，背着沉重的砖石蹒跚(pánshān)前行，身旁的监工高举长鞭，狠狠抽在丈夫身上，抽得他血肉模糊。她猛地惊醒，发现泪水已不知不觉打湿了枕巾。

孟姜女坐在床边思考了很久，她虽不知那梦是真是假，却仿佛亲历其境。窗外风雨敲打着窗棂(líng)，仿佛催她作出抉择。终于，她意识到，不能再等了。她收拾好行装，辞别了双亲，孤身踏上了寻夫的道路。一路跋山涉水，风餐露宿，历尽艰难险阻，最后她终于抵达了北地边关。只见长城连绵百里，砖石堆垒(lěi)如山，苦役之人遍地皆是。

天色阴沉，寒风猎猎。孟姜女裹着破旧披风，穿梭(suō)在人群中，四处打听着范喜良的消息。人们多是摇头叹息，表示不认识，直到一位老工匠沉声说道："范喜良？我记得他，是个书生，干不了重活，熬不过几个月便死了。埋在城墙下，至于哪块砖，我也记不清了。”

孟姜女如遭雷击，泪水瞬间夺眶而出。她踉跄(liàng qiàng)着奔至长城脚下，扑倒在地，撕心裂肺地呼喊着范喜良的名字。一声声，如杜鹃啼血，令人动容。她哭丈夫凄苦死去，满腹才学未能施展；哭自己孤苦无依，新婚未久便成了寡妇；哭父母双亲年事已高，无依无靠……

她的哭声既满溢悲伤，也不绝愤恨。她恨这世道颠倒，民不聊生；更恨那敲骨吸髓的暴政，将无数人拖入炼狱(liàn yù)，让千万家庭骨肉分离、生离死别。

孟姜女一连哭了七天。起初，不过几人停下手中的活，侧耳倾听；渐渐地，成千上万的劳工围拢而来。有人含泪低头，有人暗自抽泣，更有人仰天号哭。他们同情孟姜女的不幸，也想起自己远隔千里、孤苦无依的父母妻儿。成千上万人的哭声汇成翻腾的浪潮，震彻山野。

点拨

孟姜女的哭声是那个时代无数悲惨家庭的缩影，因此才得人心，引得成千上万人一同哭泣。

于是乌云翻滚，电闪雷鸣，天地骤然变色。雨点像断了线的珠子，连绵不绝，仿佛天地也动了恻(cè)隐之心，和这些苦命人一同哭泣。忽然，一道刺目的白光撕开雨幕，如一柄闪着寒光的利剑，径直插入城墙要害。

“轰隆！”八百里长城应声崩塌，尘土飞扬，砖石乱飞。残垣(yuán)断壁间，无数白骨裸露了出来。

孟姜女跪在废墟中，翻找丈夫的骨骸，指尖被划破，

鲜血滴落，她也毫不在意。终于，在满地白骨中，孟姜女找到了熟悉的青衫布料，这正是范喜良被抓走时所穿的。她已经哭不出声音了，只紧紧搂住丈夫的遗骸(hái)，仿佛要把此生全部的思念，都倾注在这个最后的拥抱中。

此时，秦始皇正好巡视到了边关，得知有一女子哭倒了长城，他大为震怒，下令将其押来问罪。可见孟姜女容貌清秀，仪态端庄，他眉头一挑，竟生出几分异样心思，当众说："既然你的丈夫已经死了，不如你入宫做我的妃子，享尽荣华富贵。"

无论皇帝威逼还是利诱，孟姜女都面无惧色、一言不发。最后，想到丈夫的尸骨还没有入殓(liàn)，她才让步说："要想我同意，你必须答应我三个条件。"于是秦始皇问她，三个条件都是什么。

孟姜女不卑不亢(kàng)地答道："第一，我要你在长城崩塌处建三十里孝棚，为我丈夫招魂设祭；第二，我要你亲着孝服，率领文武百官祭拜我丈夫；第三，我要你带我入海，游行三日，为我丈夫送终。”

秦始皇虽觉得为难，但实在动心孟姜女的美色，还是答应了她的要求。

三日后，他们乘船来到了大海深处。风大浪急，孟姜女站在船头，默默深思。忽然，她纵身一跃，跳进了滔天巨浪中。波涛滚滚，顷刻间就卷走了孟姜女轻盈的身躯。秦始皇命令侍卫跳水寻找，却连她的一片衣角都没有找到。

有人说，海里的龙王怜悯（mǐn）孟姜女的忠贞悲苦，收她为义女，留在龙宫居住；也有人说，孟姜女虽然葬身海底，魂魄却回到了长城，她的哭声始终盘桓（huán）在北方的风中。

梁山伯与祝英台

从前在浙江上虞（yú）县有个祝家庄，里面住着祝员外一家。他家女儿名为祝英台，颇为与众不同。祝英台不爱描眉绣花，就爱趴在书房窗边听哥哥们读书，可爹爹总说：“哪有女孩子凑到男人堆里读书的，简直胡闹！”

背景延伸

中国古代讲求男尊女卑，名曰“女子无才便是德”，因此书院不许女子入学。直到民国时期，女子上学识字才逐渐普及。

眼看着自己年纪越来越大，再等下去可能就要嫁人生子，一辈子都困于宅院之中，祝英台下定决心，一定要去读书。她偷了哥哥的旧衣裳，梳了男儿发髻（jì），用木炭把眉毛描粗，还在布鞋里塞满棉花装大脚，装扮成了算命的人。她说起自家的事来自然没有说不中的，唬得祝员外把她当成了神算。于是祝英台就装模作样地说道：“根据卦象来看，你若是不让令爱出门，只怕她会有灾祸降临。”

祝员外着急起来，这时候祝英台恢复了女儿家的嗓音，撒娇道：“爹爹，你让我去书院读书，我自然心无烦忧，百病全消。”祝员外这才认出来算命的竟然是自己的女儿。

都到了这个份上，只好同意她去读书。祝英台这才女扮男装，前往会稽(jī)的书院读书。

前往书院的路上，祝英台遇到了同样去求学的梁山伯，两人一见如故，结伴而行。二人以兄弟相称，梁山伯年长几岁为兄，祝英台为弟。温柔敦厚的梁山伯见祝英台十分瘦小，一路上对她颇为照顾。

到了书院，两人同住一屋。为了不暴露自己的身份，祝英台谎称自己得了怪病："我睡觉会梦游掉下床，得在床中间放盆水！还有我怕冷，所以睡觉都不脱衣服的。"梁山伯信以为真，每天主动帮她打水放盆。

一次梁山伯突然发现祝英台的耳朵上居然有耳洞，英台赶忙解释说是因为自己小时候家乡办庙会，由他来假扮观音，就打了耳洞。梁山伯盯着耳洞好一会儿，才突然说道："贤弟眉清目秀，确实比女孩子还要漂亮呢。"英台长舒一口气，又糊弄过去了。

三年同窗，英台越来越喜欢这个实心眼的梁兄，忍不住心想："这木头什么时候才能发现我是姑娘啊！"之后不久，英台就收到家书催她回去，她心里明白美好的书院生活只能到此为止，便收拾了行李，与梁山伯道别。

梁山伯帮她背着行李，亲自送她下山，十八里路走得比蜗牛还慢。两人路过一户农庄。守门的大狗朝着祝英台汪汪叫。

你知道吗

越剧传统剧目《十八相送》便是节选自《梁山伯与祝英台》。著名小提琴协奏曲《梁祝》，也表现的是这个凄美的爱情故事，可以课余找来听一听哦。

祝英台故意说:“你瞧这大狗不去咬前面的男子汉，光会欺负后面的小女子。”梁山伯挠头:“这里没有小女子啊?贤弟你别怕，我挡在你前面。”经过一口古井时，英台拉他照影子:“水里一男一女的影子笑得多开心。”梁山伯纳闷地说:“为兄明明是男子汉，你为何把我比作女人?”急得英台直跺脚:“大笨牛!”

梁山伯更加莫名其妙了:“贤弟，你无缘无故骂我干什么?”

跟梁山伯生气就是为难自己，于是祝英台直接说道:“我其实是想给梁兄做媒，说话这才急躁了一些。我家中有个九妹，与我是双胞胎，人品样貌都和我一般。不知梁兄你可愿意?”

梁山伯笑呵呵地说:“我自然是愿意的，贤弟下回直说就行，免得为兄愚笨惹恼了你。”

祝英台这才高兴起来:“那梁兄你早日前来提亲，我等着你。”

梁山伯被朝廷选为县令，安顿好之后就立刻去祝家庄提亲。没想到他来晚了，祝员外已经把女儿许配给了马太守的儿子马文才，梁山伯一个小小的县令哪比得上太守。梁山伯被请出了祝家庄，祝英台偷溜出来与他见面，说出了自己女扮男装读书的事情，梁山伯这才恍(huǎng)然大悟。

父母之命，媒妁(shuò)之言，都是祝英台无法违抗的大山。梁山伯心如刀割:“不怪你，是我的错，是我来迟了。”祝英台被祝员外抓了回去，不得再出房门一步。梁山伯浑浑噩(è)噩地回到家中，回忆起二人相处的点点滴滴，更是痛心不已，恨自己的蠢(chǔn)钝。

梁山伯心中悔恨不已，郁结于胸。再加上新官上任事务繁忙，没多久就积劳成疾，咯(kǎ)血而亡。临终前他哀求母亲：“把我葬在清道山吧，那儿能看见英台出嫁的路，我想看她最后一眼，亲自送她出嫁。”入葬那天，山上的野杜鹃一夜之间全白了头。

祝英台听说了梁山伯的死讯，却表现得分外安静。马家迎亲那天，英台默默穿上嫁衣，坐上了花轿。当花轿路过清道山时，突然狂风大作，轿帘被掀得噼啪作响。英台跳下轿子就往梁山伯的墓跑去。她一边跑一边掀掉了盖头，脱掉了嫁衣，露出里面的白色丧服。

她扑在墓碑上哭喊：“梁兄，我来嫁你了！”忽然“轰隆”一声雷响，坟墓裂开一道口子！英台纵身跳进去，送亲的人根本阻拦不及，只能眼睁睁地看着坟墓再次合拢。

云散天晴时，两只花蝴蝶从坟头飞出来，彼此翻飞追逐着，再也不会分离。

田螺姑娘

乡里有个叫谢端的后生，打小没了爹娘，家里也没旁的亲戚。不过，他爹娘为人厚道，平日里没少帮衬乡亲，大伙儿不忍心看谢端孤苦伶仃(dīng)，就一起把他养大成人。谢端知恩图报，谁家有个难处，他准是第一个前去帮忙的。乡亲们也很疼爱这个后生，眼看着他到了娶媳妇的年纪，大娘们还打算替他相看一个贤惠的好姑娘。只是他家境贫寒，一时也没有哪家女儿愿意嫁给他。谢端倒是一点儿也不在意，能像现在这样凭自己的双手吃饱饭，他也已经心满意足了。

有一回，谢端在水田里干活，忽然感觉踩到了什么。他弯腰一瞧，竟是只大田螺。这田螺足足有水壶那么大，花纹精巧，油光水滑。谢端喜欢极了，就把它捡回去养在缸里，权当给自己做个伴儿。偶尔，他还会省下点口粮给田螺加餐。那田螺似乎生性腼腆(miǎn tiǎn)，每次谢端来看，它都缩在壳里不出来，只偷偷瞧上几眼。就这样日复一日，谢端忙着劳作，田螺就在水缸里慢悠悠地挪动，时不时吐个泡泡。见田螺那悠闲的模样，谢端心里平静了下来。一人一螺，倒也相处得十分融洽(qià)。

民间故事是民间文学中的重要体裁之一，是从上古时期起就在人们口头流传，一种以奇异的语言和象征的形式讲述人与人之间的种种关系，题材广泛而又充满幻想的叙事体故事。中国民间故事主题多样，类型丰富，涵盖了神话传说、英雄传奇、爱情佳话以及世俗生活等内容，具有教化、娱乐、审美等多重功能，是中华文化宝库中的瑰宝。

1. 神话传说与自然崇拜

在民间故事的绚丽织锦上，神话传说是最古老的纹样，它们源自人类对自然的敬畏与崇拜。中国的神话故事，往往通过赋予自然现象以神性和人格，将自然力量拟人化，虚构出一系列超自然力量的神话人物。这些传说不仅象征着人与自然的深刻联系，更映射出古人对宇宙秩序的敬畏与思考。

2. 英雄传说与民族精神

英雄传说是中国民间故事中极具影响力的一类，它们如同矗立在民间故事之林中的参天大树，映照出了人们心中对正义、勇气与忠诚等崇高品质的无限敬仰。

3. 爱情传说与人文关怀

爱情传说是中国民间故事中的璀璨瑰宝，里面浪漫而凄美的情节，细腻地表达了人们对纯真爱情的追求与深情歌颂，映射出人们对真挚情感的永恒渴望。

牛郎织女的传说便是其中的典范，不仅传递出古人对忠贞不渝的爱情的美好祝愿，更通过他们跨越天地的苦难与坚持，表达了古代社会中个体对抗权势、追求幸福的深切渴望。

4. 生活故事与民间智慧

在中国民间故事的宝库中，生活故事以其独特的魅力深受人们喜爱。这些故事里的主人公机智、风趣的表现，不仅为人们带来了欢声笑语，更在轻松愉快的氛围中显现出深刻的道德寓意与生活智慧。《田螺姑娘》中，农民用撒盐的巧妙办法消灭蚂蟥，成功救下了田螺姑娘，就体现了人们面对困境时的机智与应变能力，歌颂了劳动人民的生活智慧。

5. 其他民族故事

我们熟悉的神话传说与民间故事多为汉族的，但其实其他民族也有许多美丽的传说与动人的故事。这些故事既有与我们熟悉的汉族故事类似的地方，体现了我国民族融合的悠久历史；也充满了别样的风情，记载了各民族千百年来的生活智慧与喜怒哀乐。

思想内涵

1. 传递情感。无论是家庭的温馨、伴侣的忠贞，还是朋友的义气，都能触动人心，让人们在阅读中引起情感的共鸣。

2. 表现智慧。在面对困境时，故事中的人物总能以巧妙的方式解决问题，展现出智慧的力量。

3. 传承文化。每一个地名、每一个节庆、每一个习俗背后，都承载着历史的记忆和文化的积淀，让一代又一代的中国人了解和认同自己的文化根源。

4. 弘扬正义。在许多故事中，无论面对多大的困难和挑战，正义和善良总会得到伸张。

5. 反映社会。民间故事往往反映了当时社会的现实状况，包括人们的社会矛盾、阶级关系等，是了解当时民间社会的一个重要窗口。

艺术特征

1. 口头传承、集体创作

中国民间故事是从无数代人的口耳相传中传承下来的。正是这种口头传承，赋予了民间故事无限的生命力和灵活性，它们像一首古老的歌谣，虽然旋律依旧，歌词却因每个时代、每个讲述者的不同而各具特色。这种灵活性不仅让故事在流传中得以更新，还使它们能够在不同的场合、不同的听众面前展现出不同的风貌，始终保持鲜活与生动。

如果说口头性质是民间故事的灵魂，那么集体性质便是它的根脉。这些故事并非某一位作家的独创，而是在无数代人的共同创作与改编中形成的。它们汇聚了一个群体的智慧与情感，承载着大家共同的记忆与经验。这种集体创作的过程，就像河流汇入大海，每一条支流都为故事增添了新的内容与色彩，才成就了大海的波澜壮阔。

2. 幻想性与真实性

中国民间故事往往以超越现实的情节，带领人们进入一个神奇的世界。在这个世界里，山川草木皆有灵性，神仙妖怪与人类共存。无论是天庭的浩瀚，还是幽冥的神秘，这些幻想性的元素都让民间故事充满了神秘与奇幻的色彩。

然而，正如山川再美，终须有大地承载，中国民间故事中的幻想亦根植于现实的土壤之中，其主题、角色与主要情节，无不与生活的逻辑紧密相连。这些故事大多源于真实的社会现象和真挚的情感体验。部分故事甚至来源于真实的历史。以《孟姜女》为例，这一故事便与秦始皇修长城的历史相关。

3. 象征性

中国民间故事中的人物往往被赋予了超越个体的象征意义，他们不仅是故事中的角色，更是某种普遍价值观念或社会理想的化身。梁山伯与祝英台的化蝶传奇，使双飞的蝴蝶成为自由恋爱的永恒象征。

中国民间故事中的象征性质不仅限于个人道德与情感，更扩展到整个文化体系，承载着集体记忆与民族精神。这些象征不仅增添了故事的趣味性和神秘感，更承载着悠久的历史记忆与文化智慧，成为世代相传的精神财富。

4. 地域性

每片土地都有它们独特的历史，而民间故事则是这些历史记忆的生动载体。西湖的秀丽与神秘，孕育了《白蛇传》这段凄美的爱情故事；而黄河的波澜壮阔，则成就了《大禹治水》这一宏伟的英雄史诗。每一片山水，都是故事的灵魂所在。通过这些故事，不同的地域、不同的民族都能在中华文化的宏大叙事中找到自己的位置，形成多元一体的文化格局。

真题大闯关

一 选择题

1.（2024 秋 · 金乡县期末）关于民间故事，下列说法错误的一项是（　　）。

A. 民间故事一般具有口语化的表达特点

B. 民间故事一般有固定的类型和重复的段落，便于人们口耳相传

C. 田螺姑娘、孟姜女、伊凡、列那狐都是中国民间故事中的人物

D. 民间故事往往寄托着人们朴素的愿望：正义却弱小的主人公有可能打败强大的对手；心地善良的穷苦人通过努力可以过上幸福的生活

2.（2024 秋 · 崇州市期末）《中国民间故事》中的

故事情节生动，下面三个情节对应故事顺序正确的一项是（　　）。

①水缸里的姑娘打扫房屋、煮饭。

②八仙在东海上空比法力。

③三年同窗生情谊。

A.《八仙过海》《田螺姑娘》《梁山伯与祝英台》

B.《梁山伯与祝英台》《田螺姑娘》《八仙过海》

C.《田螺姑娘》《梁山伯与祝英台》《八仙过海》

D.《田螺姑娘》《八仙过海》《梁山伯与祝英台》

3.（2022秋·丹徒区期末）《中国民间故事》：下列搭配不正确的一项是（　　）。

A.《孟姜女哭长城》——范喜良

B.《宝莲灯》——水漫金山

C.《梁山伯与祝英台》——化蝶

D.《白蛇传》——法海

4. 孟姜女哭泣导致长城崩塌，她是为了寻找谁？（　　）

A. 兄弟

B. 丈夫

C. 父亲

D. 母亲

5. 沉香劈山救母的故事中，沉香使用的是什么神器？（　　）

A. 宝莲灯

B. 神斧

C. 神剑

D. 神锤

6. 在《八仙过海》的传说中，八仙共渡大海的原因是（　　）。

A. 救穷人

B. 参加宴会

C. 游玩

D. 挑战自我

7.（2024秋·丰顺县期末）下列诗句与中国民间故事无关的一项是（　　）。

A. 天阶夜色凉如水，卧看牵牛织女星

B. 家家乞巧望秋月，穿尽红丝几万条

C. 孟姜一哭长城崩，谁谓土石终无情

D. 遥知兄弟登高处，遍插茱萸少一人

8.（2024秋·江岸区期末）中国民间故事经常出现在古诗中，你认为联系不正确的一项是（　　）。

A.《孟姜女哭长城》——“马蹄踏破黄沙路，万里寻夫泪如雨。”

B.《牛郎织女》——“天阶夜色凉如水，卧看牵牛织女星。”

C.《白蛇传》——“八仙飘海戏蓬莱，神通展示惊海怀。”

D.《梁山伯与祝英台》——“千古传颂蝴蝶梦，梁祝永结同心缘。”

二 填空题

1. 中国民间四大爱情故事是__________、__________、__________、__________。

2.《白蛇传》中，法海和尚将白娘子镇压在__________下。

3. 梁山伯在得知祝英台真实身份后，因悲痛欲绝而病逝，后来两人化作了______。

4. 聂郎一步一回头，一望一个滩，将对母亲的爱化为______个滩。

5. 中国民间故事角色扮演大赛。

（1）判断下列角色的台词设计是否恰当。

①孟姜女："我夫君为国筑城，此生未见归途。"
（　）

②白娘子："情定许仙，我甘愿放弃千年修为，只为人间一伴侣。"（　）

③梁山伯："与英台结拜，不知她是女子，后来得知真相，却已心有所属。"（　）

④宝莲灯中的刘彦昌："被囚禁山下，幸得神灯相助，终能重见天日。"（　）

⑤祝英台："扮男装求学，与梁山伯结下不解之缘，愿争取婚恋自由。"（　）

（2）请从《中国民间故事》一书中选择两个人物制作"人物名片"。

例：

人物：花木兰　身份：巾帼英雄　成就：替父从

军，战功显赫。

人物：______ 身份：______ 成就：________

____

人物：______ 身份：______ 成就：________

____

三 连线题

铁拐李　　　　玉板

汉钟离　　　　花篮

张果老　　　　莲花

何仙姑　　　　仙笛

吕洞宾　　　　毛驴

蓝采和　　　　宝剑

曹国舅　　　　芭蕉扇

韩湘子　　　　拐杖

四 阅读题

1. 阅读短文，回答问题。

田螺姑娘

一天，谢端在田里劳作时，脚底被什么东西硌了一下。他抬起脚一看，居然是一只漂亮的大田螺。那田螺和水壶一般大，谢端__________（xī hǎn）极了，把它捡回了家，养在水缸里。

这田螺害羞得很，经常半藏在螺壳内偷瞧谢端。若是被谢端发现，它便会立刻缩回去。不管谢端如何忙碌，田螺永远在水缸里缓缓挪动，悠闲自在。每次看着田螺，谢端觉得自己的心都平静了下来，十分安逸。

他笑着戳了戳螺壳，说：“我决定不吃你了，以后我们俩做个伴儿可好？你不说话我就当你同意了啊。”令人吃惊的是，田螺竟然透出淡淡的粉色，显得更加可爱。几日后，他干完农活回家，远远地看到自家烟囱竟有炊烟升起。他忙赶回家，却发现家里空无一人，只有桌子上摆好的热汤热饭。

谢端以为是邻家大娘担心自己不好好吃饭，便帮他做了晚饭。可是谢端问了一圈，没有一人承认，这下子谢端更加疑惑了，他下决心要搞清楚这段时间照顾自己的恩人究竟是谁。

第二天，他照常一早出门干活，过了几个时辰，他悄悄返回家中，躲在篱笆外面偷看院内的情形。一个年轻漂亮的姑娘从他家中走出来，______打扫院子，______晾晒衣服，忙个不停。半下午的时候，她开始动手准备晚饭。

闻着家中飘来的熟悉的饭菜香味，谢端终于知道了这些天是谁在帮他洗衣做饭。谢端轻轻推门而入，温和地问：“姑娘，你是谁？为什么要为我做这些？”

姑娘咬着嘴唇，说出了自己的来历。她其实就是那枚田螺，被谢端带到家中之后，她整日担惊受怕。后来在谢端的悉心照顾下，她渐渐地把这里当成了自己的家。她想为谢端做些事情来回报他。

既然秘密已经被谢端发现，田螺姑娘就不再遮遮掩掩了。白天，谢端出去干农活，她就在家里操持家务。到了晚上，田螺姑娘就回到螺壳里休息。几个月下来，两个年轻人的感情越来越深。谢端请邻居大娘替他向田螺姑娘提亲，与田螺姑娘正式结为夫妻。村里的人都对田螺姑娘赞不绝口，觉得这个姑娘温婉勤劳，谢端能娶到这样的妻子，真是莫大的福气。

水田里的蚂蟥看到田螺姑娘嫁给了穷小伙谢端，而且生活得如此幸福，他便心生嫉妒，巧言支走谢端，偷走了螺壳。田螺姑娘不能离螺壳太远，她不得不去央求蚂蟥，归还自己的螺壳。蚂蟥便趁机软禁了田螺姑娘，逼她嫁给自己。

谢端和村民们去救田螺姑娘，却都铩羽而归。后来一个农夫老伯想起来，水田里的蚂蟥会吸食人和动物的血液，其最大的克星就是盐。那______（qiú jìn）田螺姑娘的蚂蟥会不会也害怕食盐呢？大伙儿一合计，准备试一试。谢端和几个村民来到稻田找蚂蟥，趁着双方对峙的时候，他们立刻把食盐倒在了蚂蟥身上。蚂蟥痛苦地哀号讨饶，不久就脱水死去了。就这样，在村民的帮助下，谢端救回了田螺姑娘。

（1）请根据拼音，联系上下文，写词语。

（2）选择恰当的关联词语填在文中横线处。（　　）

A. 只要……就……

B. 无论……都……

C. 虽然……但是……

D. 既……又……

（3）蚂蟥为什么想要软禁田螺姑娘？（　）

A. 因为他喜欢田螺姑娘

B. 因为他想得到谢端的感激

C. 因为他嫉妒田螺姑娘和谢端的幸福生活

D. 因为他想利用田螺姑娘的劳动力

（4）村民们是如何救出田螺姑娘的？请阅读材料，从文中找出，并用简洁的语言概括出来。

______

______

（5）故事中田螺姑娘和谢端的关系发展经历了哪些阶段？你认为哪个阶段是他们关系转变的关键？请解释原因。

______

______

______

______

______

2.（2023秋·西安期中）阅读。

孟姜女哭长城（节选）

秦朝的时候，有个善良美丽的女子，名叫孟姜女。一天，她正在自家的院子里做家务，突然发现葡萄架下藏了一个人，吓得正要叫喊，只见那个人连连摆手，恳求道："别喊别喊，救救我吧！我叫范喜良，是来逃难的。"原来这时秦始皇为了造长城，正到处抓人做劳工，已经饿死、累死了不知多少人！孟姜女把范喜良救了下来，他俩心心相印，征得了父母的同意后，就准备结为夫妻。

成亲那天，孟家张灯结彩，宾客满堂，一派喜气洋洋的情景。眼看天快黑了，喝喜酒的人也都渐渐散了，忽然闯进来一队恶狠狠的官兵，不容分说，用铁链一锁，硬把范喜良抓到长城去做工了。孟姜女悲愤交加，日夜思念着丈夫。她想：我______坐在家里干着急，______自己到长城去找他。她立刻收拾行装，上路了。

一路上跋山涉水，孟姜女终于到达了长城。这时的长城已经是由一个个工地组成的一道很长很长的城墙了。她找啊找，始终不见丈夫。最后，她鼓起勇气，向一队正要上工的民工询问："你们这儿有个人叫范喜良吗？"民工说："有这么个人。"孟姜女连忙再问："他在哪儿呢？"民工说："已经死了，尸首都已经填了城脚了！"

听到这个噩耗，孟姜女大哭起来。她整整哭了三天三夜，哭得天昏地暗，连天地都感动了。天越来越阴沉，风越来越猛烈，只听"哗啦"一声，一段长城被哭倒了，露出来的正是范喜良的尸首。

（1）解释词语。

张灯结彩：______________________

跋山涉水：______________________

（2）在文中的括号里填上恰当的关联词语。

（3）根据文章内容，把下面对故事情节的概括排序。

①分别；②相遇；③生死相离；④成亲；⑤寻夫

正确的排序是：______________________

（4）孟姜女在寻夫的路上历尽千辛万苦，没有掉过一滴泪，为什么到了长城却哭了三天三夜？

____

____

（5）在文中用波浪线画出表现孟姜女伤心绝望的句子。

（6）《孟姜女哭长城》是一个流传很广的民间故事，你从这个故事中感受到了什么呢？

____

____

____

____

五 写作题

（2024秋·镇平县期中）习作。

题目：我要带上____________去旅行

提示：读民间故事，我们认识了许多栩栩如生的人物形象。如果有机会带上其中一人去旅行，你会带上谁呢？如果选此题，请先将题目补充完整，横线上可填民间故事中的人物名称，如“田螺姑娘、白娘子、牛郎、海力布”等。大胆想象，讲述具体的事例，使人物形象更丰满。

要求：（1）想象要丰富有意义，表达出自己美好的愿望。（2）叙述要有条理，语言要流畅，不少于400字。

参考答案

一、选择题

1.C　2.D　3.B　4.B　5.B　6.C　7.D　8.C

二、填空题

1.《牛郎织女》《孟姜女》《白蛇传》《梁山伯与祝英台》

2. 雷峰塔　3. 蝴蝶　4. 二十四

5.（1）√√ × × √

（2）勾践　越王　卧薪尝胆，复国雪耻。

祝英台　悲情女子　与所爱之人化蝶双飞，忠贞不渝。

三、连线题

铁拐李——拐杖　汉钟离——芭蕉扇

张果老——毛驴　何仙姑——莲花

吕洞宾——宝剑　蓝采和——花篮

曹国舅——玉板　韩湘子——仙笛

四、阅读题

1.

（1）稀罕；囚禁　（2）D　（3）C

（4）村民们通过把食盐倒在蚂蟥身上，使其脱水死去的方法，救出了田螺姑娘。

（5）故事中田螺姑娘和谢端的关系经历了三个阶段：陌生→熟悉并结为夫妻→患难见真情。第二个阶段是他们关系转变的关键。原因是在这一阶段，谢端了解到田螺姑娘不仅仅是一个田螺，而且是一个有情感、有思想的生命。她为了回报谢端的悉心照顾，自愿来到他家帮助他。这种相互的理解和感情的认可使得两人能够共同面对困难，战胜蚂蟥。

2.

（1）①指挂上灯笼，系上彩带。形容喜庆的热闹景象。②形容长途奔波的艰苦。

（2）与其 不如　（3）②④①⑤③

（4）因为孟姜女一开始满怀希望，以为到长城能找到丈夫，可到了长城却得知丈夫死去的噩耗，所以她哭了三天三夜，连天地都感动了。

（5）她整整哭了三天三夜，哭得天昏地暗。

（6）感受到了坚贞不渝的爱情，也感受到了当时秦始皇的暴政。他为了修筑万里长城，让官府到处抓劳工，抓去的人有的累死，有的被砸死，惨不忍睹。这正验证了孔子的名言“苛政猛于虎”。

五、写作题

范文参考：

我要带上牛郎去旅行

如果有机会，我想带上牛郎去旅行。

我们会先去现代的农村。牛郎一到那里，就被眼前的景象吸引住了。大片大片的农田里，现代化的农机具正在忙碌地工作着，他惊讶地瞪大了眼睛，嘴里喃喃道：“这可比我用老牛耕地快多了啊。”看着那些高耸的谷仓，他满是羡慕地说：“要是我和织女也能有这样的好收成，就再也不用担心温饱了。”

接着，我们来到城市。牛郎站在高楼大厦之间，仰头看着那些直插云霄的建筑，脸上满是震撼。他小心翼翼地走进商场，看着琳琅满目的商品，好奇地问我这问我那。当看到那些精美的布料时，他想到了织女，说：“这些布料的样式可真奇特，要是织女能看到，她一定能做出更美的衣裳。”

我们还去了动物园。牛郎看到那些被保护起来的动物，心中满是欣慰。他说：“在我们那个时候，动物们都在野外，虽然自由，但也会面临很多危险，现在这样真好。”他站在牛栏前，久久地看着那些牛，仿佛看到了他的老伙伴，眼神中充满了怀念。

和牛郎的这次旅行，让我看到了他的善良、质朴和对新事物的好奇。他对生活充满热爱，对家人充满思念，这一切都让这个民间故事中的人物形象在我心中更加丰满鲜活起来。

转眼到了农忙时节，一日，谢端干完活回家，远远望见自家烟囱(cōng)里升起了炊(chuī)烟。他以为是邻家大娘好心来帮自己做饭，就加紧步子赶路，想回去搭把手。可一进门，他连个人影也没瞧见，只有桌子上摆着的热气腾腾的饭菜。此时腹中"咕噜"作响，谢端才发觉自己早已饥肠辘(lù)辘，便满怀感激地把饭菜扫进肚里。天色已晚，他便没有上门道谢，只是白天多帮邻居家干了些活。

提问

仔细品味此处的动作和心理描写，它们体现了谢端哪些美好的品质？

一连好几日，谢端回家就有美味的饭菜，房内房外也被打理得井井有条。就连他放在盆里的脏衣服，也被洗得干干净净，破洞也被细心地缝补好了。农忙一过，谢端立马就去邻居家里道谢，大娘却连连摆手，说："这可不是我做的，你去问问别的乡亲吧。"但乡亲们都说不是自己做的。谢端满心疑惑，暗自下定决心，一定要找到这位好心人表达谢意。

第二天，他像往常一样早早出门，却悄悄提前回家，躲在自家篱笆外面偷看。没想到，他竟看到一位年轻漂亮的姑娘在院子里忙得团团转，又是打扫，又是晾衣。一直忙活到傍晚时候，那姑娘擦擦汗，转身又进了灶房。等熟悉的饭菜香气飘来，谢端终于确定，她就是照顾自己的好心人。

门没关，他怕吓到姑娘，就轻轻敲了敲门板，温声问道：

“姑娘，你是谁？”

那姑娘吓了一跳，满脸诧异地转过头，手里还举着汤勺。待回过神来，她脸上顿时红成一片，立马就要往水缸里钻。谢端急忙上前阻拦，心中一动，瞥了一眼田螺壳，又看了看低着头的姑娘，一个奇异的念头冒了出来：她不会是田螺变的吧？等那姑娘吞吞吐吐道出实情，谢端更是惊愕(è)不已，她竟真是那只田螺！

原来，自从被谢端带回家，她时时都在担心会被吃掉。但谢端不仅细心地照料她，还时常同自己聊天。她虽然不敢应答，却早已把这里当成了自己的家，总是想着要做点什么来报答谢端。谢端没想到，自己天天对着说话的田螺竟是个大姑娘，一时也羞红了脸。但一想到田螺孤零零地生活在田间，也觉得有些可怜，便说：“我才要多谢你的照顾。只要你留在这里一天，我就保护你一天，一定不会让你孤零零的。你就安心住下吧！”

田螺姑娘就在这里安了家。白天，谢端去田里干活，

她就在家里操持家务。到了晚上，田螺姑娘便回到螺壳里歇息，隔着水缸与谢端谈天说地。日子一天天过去，他们的感情也越发深厚。谢端就请邻居大娘替自己说媒，同田螺姑娘结为夫妻，小两口恩恩爱爱地过起了日子。乡亲们对温柔勤劳的田螺姑娘赞不绝口，觉得谢端真是有天大的福气，才能讨到这样的好媳妇。

有一回，田螺姑娘去集市购置布料，准备给谢端裁身新衣裳。谢端便留在家里保护她的螺壳。他拿出扫把，正准备好好清理一下院子，忽然听见有人唤他。

“这位大哥，小道云游至此，还想讨碗水喝。”

谢端心善，二话不说便端来一碗清水。道士很是感激，抬手就要给谢端算一卦，手指掐算一番后，眉头紧蹙，道：“大事不妙，近日你家人恐遭祸事，千万小心。”

虽然谢端对道士的话半信半疑，但一想到妻子独自外出，又没有螺壳的保护，心中难免不安，便去集市接她回家。见丈夫来接，田螺姑娘还有些奇怪，就问他缘由。谢端便将白天的事一五一十地告诉了她。田螺姑娘脸色一变，拉着谢端匆匆往家里赶去。还没到家门口，她就闻到了一股刺鼻的血腥味，进屋一看，螺壳果然不翼而飞。

原来，那道士是田间蚂蟥(huáng)所化。他早对田螺姑娘图谋不轨(guǐ)，想逼她成为自己的妻子，还没动手，却发现田螺姑娘不见了，还嫁给了个穷小子。看小两口恩爱有加，他妒火中烧，便设计偷走了螺壳。谢端和村民们怎能任他欺辱田螺姑娘，可他们想了不少办法，也没能把蚂蟥揪(jiū)出来。

田螺姑娘离开螺壳久了，竟是一日比一日虚弱。谢端既心疼又愧疚，觉得自己这个丈夫太不合格了，竟连妻子都保护不好。他一边悉心照料妻子，一边四处打听消息。最后，还是一位年迈的老郎中想起来，蚂蟥会吸食人畜之血，十分危险，但却非常怕盐，一碰就死。想来那蚂蟥虽然修成了妖怪，但天性难改，或许还是拿盐没办法。

点拨

蚂蟥吸食人血，如同那些封建官僚，鱼肉百姓。而蚂蟥最怕的竟是生活中最常见的盐，这既符合科学道理，又充满讽刺，这里巧妙幽默地赞颂了劳动人民的生活智慧。

于是，谢端带着乡亲们凑出的盐，来到田边，高声喊道："蚂蟥妖，你出来！"见他今天只有一个人来，蚂蟥妖觉得奇怪，探出头来。只见谢端两眼通红，哽咽（gěng yè）道："田螺姑娘要不行了。我求你救她一命，带走她也好，我只要她活着……"

蚂蟥妖一听，得意极了，竟从田里一跃而出。可它还没来得及耀武扬威，身上就突然传来一阵剧痛，仿佛万箭穿心，浑身火烧似的疼。它在田里翻滚哀嚎，不一会儿就脱水死去了。

原来谢端早有计划，找准机会将袋中盐巴一股脑儿地撒在它身上。

谢端寻回螺壳，田螺姑娘很快便恢复了健康。自此，小两口愈发恩爱，就此和和美美、平平静静地度过了余生。

习俗风物

兔儿爷

一年秋天，北京城里忽然起了瘟疫。这病灾来势汹汹，几乎家家户户都有人病倒。可无论是经验老到的大夫，还是德高望重的名医，谁都看不出这病的缘由，自然也无法对症下药。病人一日日衰弱下去，百姓们也整天愁眉不展，唉声叹气。热闹的京城变得冷冷清清，哀声萦绕，竟惊动了月宫中的嫦娥仙子。

月宫凄清寂寞，平日里，嫦娥仙子最喜欢欣赏人间繁华，以排遣内心的孤寂。眼看百姓受苦，欢声不再，她心中万分不忍，便派身边的玉兔到人间赠药，帮助百姓驱散病魔。

玉兔摇身化为一名白裙少女，携药飞往京城，落地就敲响了一户人家的门。木门拉开一条小缝，还没等玉兔说话，门砰的一下就紧紧闭上。关门的人力气很大，那门板在夜色里还发着颤，像是被吓得不住发抖。玉兔一头雾水，又敲了几户人家的门，竟全被拒之门外，甚至还有人惊叫了一声“妖怪”。

原来，玉兔只照着嫦娥仙子的样子化出人身，却偏偏顶着一个兔子脑袋。百姓一开门就看见一个人身兔首的家伙站在外面，一身缟(gǎo)素，还以为是哪里来的妖怪，要索走家中病人的魂魄，谁还敢听玉兔多说？

连吃几个闭门羹(gēng)，玉兔终于发现人们是被她的样貌吓到了。可她平日里都在捣药，法术实在是不熟练，怎么也改变不了那颗兔脑袋。

“要是能换个样子就好了。”她无处可去，只好坐在一座小庙的台阶上，咬着三瓣嘴想办法，“要威风，要正派，大家就知道我是来救人的了。”

她正苦苦思索，一转头，瞧见庙中供奉的韦陀神像，身披铠(kǎi)甲，手持降魔杵(chǔ)，威风凛(lǐn)凛，英武不凡，正是她想变成的样子。

“好菩萨(pú sà)，借您衣服穿一穿！”说着，玉兔就施法化

出金甲，待穿戴齐整，又叩（kòu）响了一户人家的门。

“谁呀？”木门张开一道小缝。

“我是广寒玉兔，嫦娥仙子派我来给大家治病啦！”

那人听了一愣，忍不住朝门外张望一下，就被那身金甲晃了眼。只见玉兔描着细眉，双目炯（jiǒng）炯有神，三瓣嘴紧抿着，确实长了副兔子样，却又有些神仙的气派。那人不由信了玉兔的话，连忙请她入内救人。

玉兔拿出药丸让病人服下。病人青灰的脸转眼就变得红润，拧（nǐng）住的眉头也松开了，一派神清气爽。他的家人见了，直言遇到了真神仙，连忙取出家中财物，询问该到何处供奉玉兔。

玉兔不愿拒绝他们的好意，便说：“我不要你们的金银财宝，真想谢我，就借我几件衣服穿穿吧！”

就这样，玉兔走街串巷，赠药救人，每到一处，就换一身衣裳。她一会儿打扮成货郎、小工，一会儿又打扮成书生、老翁，有时竟还打扮成幼童、少妇，不知换了多少形象。为了抓紧时间，她召来仙马神鹿当坐骑，遇上难缠的病魔，她还会唤来雄狮猛虎，吓退妖邪。京城的病气很快被一扫而空，玉兔走到哪里，哪里的百姓就喜笑颜开，直言是玉兔为他们带来了幸福安乐。

你知道吗

兔儿爷是北京地区的传统儿童玩具，人们会把兔儿爷塑成各种不同的形象，栩（xǔ）栩如生。

驱完病邪后，玉兔很快就回到了月宫，但京城的百姓却不会忘记她的帮助。每逢八月十五，设香案拜月的时候，百姓都会摆上玉兔的神像，供上新鲜的瓜果豆菜，以示对玉兔的谢意。他们还用泥塑了玉兔赠药的各种形象，有的披甲执剑的，有的骑鹿乘凤，有的穿着富贵，有的打扮平常，既有男子样貌的，也有女子形容的，千姿百态，可爱非常。小孩子们最喜欢这些小泥人，亲切地称其为“兔儿爷”“兔娘娘”。节日里，人们总要“请”一尊兔儿爷到家中，或是将其赠送给亲朋好友，寓意着“请平安、送吉祥”。

千百年过去了，人们仍不忘玉兔的恩情，传颂着兔儿爷的故事。据说，在晴朗的月圆之夜，人们还能望见玉兔在月中捣药，为人间祈求着安康哩。

鲁班借龙宫

传说很久很久以前，有位木工大师名叫鲁班，他的手艺天下无双，只要他出手，普通的木头也会变成巧夺天工的杰作。他发明的钻、刨（bào）子、墨斗，至今仍然是木工们珍视的工具，天下的木工们都尊他为开山鼻祖。鲁班也对自己要求严格，精益求精。他总是皱着眉头思考：怎样才能造出更好的房子呢？

随着他的手艺日渐长进，他对造房子的要求也越来越高。终于有一天，他下定决心，要建造一座天下最好看的房子。但什么是天下最好看的房子呢？纵使鲁班心里装着建造房子的一千零一种方案，他也回答不上这个问题。于是，他打算向百姓寻求答案。可是他到处询问，也没有人能说出最好看的房子是什么样子的。

他的妻子听说了他的烦恼，便向他提议道："我曾听一位云游来此的道士说过，天下最好看的房子当属昆仑山上西王母的瑶池宫殿，其次是东海龙王的水晶宫。虽然我未曾亲眼见过，但那人仙风道骨，见多识广，行迹遍布四方，他说的话想必可信。昆仑山实在太远，一时半会儿去不了，夫君不如下东海去，找龙王借个龙宫来做样子。"

“东海龙宫？感谢娘子提醒！我明日就去借来画样！”鲁班大喜过望，拉着妻子的手，连连道谢。

当晚，鲁班心中一直惦(diàn)记着海底的琼(qióng)屋玉宇，辗转反侧，彻夜不眠。第二天天刚亮，他就赶往东海，准备向东海龙王提出借龙宫的请求。

鲁班来到东海，对着岸边的海浪大喊道：“龙王，我是木工鲁班！我想借龙宫一用。”水晶宫里，龙王正美美把玩着他的珍藏。听到这话，他气得龙须乱颤：“借龙宫？他把我堂堂龙王当成什么人了！”

可是鲁班实在是大名鼎鼎，三界之中无人不知他的神工。东海龙王推托不过，只得硬着头皮答应：“罢了罢了，龙宫可以暂时借给你，但只借三天。三日之期一到，你必须归还。”

三天？三天时间也太紧了，鲁班尝试同龙王商量：“三天时间也太短了，能不能多通融几日？”

龙王冷冰冰地一口回绝：“就三天，一个时辰也不可拖延。”

龙宫浮出水面的那一刻，鲁班看得眼珠子都要掉进去了。这座宫殿美轮美奂(huàn)、富丽堂皇，画栋雕梁、飞檐斗拱，每一处都雕刻得精美绝伦。门框窗棂上雕刻着水藻(zǎo)波浪的形状，用珊瑚(shān hú)和珍珠细细地装饰，在日光下流光溢彩，美不胜收。

不论是谁，经过借来的龙宫时，都要由衷感叹一句：“这真是天底下最好看的房子！”

鲁班目不转睛地盯着龙宫看了又看，上上下下、里里外外地绕着龙宫转了个遍。龙宫借来的第一天，他细细打量着龙宫的各个细节，又踩着梯子爬上屋顶去触摸屋脊上雕刻的瑞兽，喜欢得不能自已。当他终于想起要拿出纸笔画的时候，天就黑了。鲁班叹了口气："唉，那只能明天再画图样了。"

你知道吗

西方人曾以为中国几千年来没有自己的建筑学问，只有工匠，不会画图样。直到民国时期，梁思成、林徽因等人研究了宋代的《营造法式》，才让西方学界承认了中国几千年的建筑历史。

第二天，鲁班一早就拿出最好的纸笔颜料，对着龙宫设计图纸，他画了又擦，擦了又画，觉得无论如何都无法在纸上还原出龙宫的美妙。他在纸上尝试了一天，才草草画出设计图的雏(chú)形。

第三天，鲁班吩咐徒弟买来材料，按照昨天画出的设计图开始赶工。可是，为了安稳地建筑屋子，他们光是打一个牢固的地基就花了整整一天。地基刚刚打完，天又黑了。但这已经是三天时限的最后一天了，龙王马上就要派人来收回龙宫了，这该怎么办呢？

看着面前精美的龙宫，他实在是觉得抓心挠肝，就想等龙宫使者前来时再当面求情，好让龙宫能再留几天。但他又害怕龙宫使者会在夜里偷偷前来，不打一声招呼就把龙宫收走。于是他拿来四组大铜铃，悬挂在屋檐翘起的四个角上，又吩咐家里的大公鸡在屋檐上站岗值班，一看见东海兵将前来就大声啼鸣。

果然，夜半三更之时，东海龙王就派龙太子和金鲤大将前来收回龙宫。俗话说："龙布风，鲤行雨。"龙太子和金鲤大将还没到呢，先下起了一阵大雨，刮来了一阵大风，吹得屋檐下的铜铃"丁零当啷(lāng)"响，吵醒了鲁班和徒弟们。鲁班知道东海的使者要来了。他一骨碌翻身下床，和徒弟们一起在龙宫四周钉上又粗又重的大木桩。

他们刚刚钉好，龙太子和金鲤大将就带着虾兵蟹将赶到了。但他们怎么也带不走被鲁班牢牢钉在地上的龙宫；他们用力搬，使劲撞，但龙宫还是纹丝不动地留在原地；他们又后退几步，掐指使上法术，但龙宫还是半分不移。

这时，站在屋顶上的大公鸡看到地面上的景象，连

忙照着鲁班的吩咐“喔喔”大叫起来，把太阳喊出了地平线。看到太阳升起，龙太子和金鲤大将更着急了，龙太子爬上了龙宫的屋顶，想要把龙宫从地上拔起来，金鲤大将连连用头撞门,想要把地基震松。可是无论他们怎么拉扯，怎么撞击，龙宫仍然岿(kuī)然不动，反倒是龙太子和金鲤大将急出了一身汗。

太阳越升越高，天气越来越热，龙太子在屋檐上又干又热，动弹不得，忽然失去了力气，“咚”地倒在了房顶上——龙头搭在屋顶的一角，龙身蜿蜒在屋脊上。金鲤大将也没好到哪里去，他也被晒得无法忍耐，乱蹦乱跳，竟不知怎的把自己挂在了门框上，无法挣脱。

鲁班的徒弟见状，连声说:“师傅！加上了龙和鲤鱼的房子更漂亮哩！”鲁班望着眼前的景象,灵光一现:“快！快拿来泥土和黄铜，我们把它们永远留在房子上！”于是他们就用泥土塑出龙的形状装饰屋檐，用黄铜打成鲤鱼的形状做成门环。一番辛苦下来，龙宫果然更气派了！

造完之后，鲁班就赶忙把龙宫还给了龙王。只见龙宫一入水，晒在屋顶上的龙太子和挂在门框上的鲤鱼立刻恢复了生机，活蹦乱跳地游入水中。

后来，人们造房子时总会在屋檐塑龙、门环雕鲤，纪念鲁班的智慧。

龙眼的传说

很久很久以前，有一位坚强的寡妇独自抚养一对双胞胎儿子。母亲将所有的爱都倾注在两个孩子身上，一家人虽然生活清苦，但也其乐融融，温馨幸福。

两个孩子都知道母亲抚养自己生活不易，因而总是抢着帮母亲干活，十分孝顺。他们小小的身影在田间穿梭忙碌，努力做一些自己力所能及的事，只为了能让母亲多休息片刻。他们本身就聪明伶俐，在学堂里读书的时候还颇为用功，获得了先生的喜爱。

然而，生活并不总是一帆风顺的，命运的磨难在他们始料未及的瞬间突然降临。兄弟俩十岁那年，一场突如其来的风雨席卷了村庄。等到风雨离去，天空终于放晴、大家又能出门劳作讨生活的时候，母亲却突然一病不起。母亲的病情日益加重，村子里的土郎中来了几趟，但总是摇摇头说自己无能为力。

两个孩子急得不知所措，成天在门边以泪洗面。但他们都默契地将眼泪留在屋子外，走到母亲病床前的时候仍努力挤出一个宽慰的微笑，试图让母亲不要忧心。母亲看着年纪尚幼但又异常懂事的两个孩子，眼泪忍不住涌出眼眶，她害怕自己撒手离去后，两个孩子无依无靠，生活更加困难。看着母亲脸上的不忍与不舍，两个孩子再也忍不住，纷纷号啕起来。母子三人抱头痛哭，哭声震动山谷，响彻云霄。

两个孩子哭着哭着，渐渐累了。他们的声音也低了下去，从号啕转向抽噎(yē)，随后体力耗尽，便伏在母亲身边沉沉睡去。奇妙的是，兄弟俩竟做了一个相同的梦。在梦中，有一条龙睁着金色的眼睛，浑身散发着神光，它狭长的竖瞳(tóng)摄人心魄，但他们却没有从中感受到任何恐惧。巨龙口中衔着一张纸条，缓缓低下头，把纸条放在他们面前。

哥哥率先俯下身捡起纸条，读出纸条上的字："娘爱子，子爱娘，恶龙害你娘，你到南山上，龙眼落地变果救你娘。"

读完纸条，兄弟俩对视了一眼，眼底满是惊喜。当他们视线相接的一瞬间，两个孩子同时从梦中醒来。心有灵犀的双胞胎彼此一望，便知道刚刚的梦不是胡思乱想。两个孩子赶忙把梦中的奇妙经历告诉了母亲。

母亲恍然大悟道："前两天刮风下雨的时候，我确实隐约看到了一条张牙舞爪、气势逼人的龙。当时我吓坏了，还以为是自己的幻觉。现在看来并不是。你们梦到的那条龙传给你们的话，我就不太明白了，不如去问问村里的先生。"

兄弟俩一刻也不敢耽误，心急如焚地跑去村里的学堂，向先生说了他们的梦。老先生听完他们的讲述，眯起眼睛，手一下一下捋(lǚ)着长须，缓缓道："老人们常说，妖龙因为作恶太多，便背负了一个诅咒——一旦被人看见，就会跌落凡间，出于报复，它也会害死看见它的凡人。这样看来，你们母亲见到的是妖龙，而你们梦见的是真龙。真龙这是在给你们指引方向呢。你们就按照它说的话，去南山上，取出恶龙的眼睛，埋在地里。等长出果子来，采摘下来给你们的娘亲吃了，她的病自然也就会好了。"

兄弟俩虽然感到不可思议，但还是听从了先生的话，回家简单收拾了一个小行囊，便踏上了前往南山的道路。一路上翻山越岭，荆棘丛生，几乎寸步难行。但想到重病在床的母亲，他们还是咬牙坚持了下来。

终于，他们攀上了南山顶。他们惊讶地发现，在茂密的树丛中，盘踞(jù)着一条足有谷箩那么大的妖龙。此刻的妖龙显然深受诅咒的折磨，不停地打着哆嗦，似乎在尽力忍受痛苦。它趴伏在地上，连动一下的力气都没了，但两只眼睛却依然不停转动着，用锐利的视线对入侵者发出警告。

兄弟俩强忍内心的恐惧，躲到妖龙看不见的地方，然后捡起石子朝妖龙用力掷去——正中龙眼！巨龙疼得又是嚎叫又是打滚，不一会儿，就气息奄奄地倒在地上一动不动了。两个孩子鼓起勇气蹑(niè)手蹑脚地接近，一人手里拿着一个秤钩。他们屏住呼吸，用秤钩紧紧钩住巨龙的两只眼球，然后使出全身力气向外一拔，只听“噗(pū)噗”两声，两颗龙眼落在了地上。

说来也怪，龙眼落入地里不过区区一个时辰，幼绿的嫩苗就从地上钻了出来。当天晚上，嫩芽就长成了粗壮的龙眼树。紧接着，第二日开花，第三日结果，树上结出了一串串圆圆的果实，沉甸(diàn)甸地压弯了枝头。这些果实又大又饱满，模样就好像是巨龙的眼珠。

点拨

原来龙眼还是孝心之果，兄弟俩得真龙之梦已是离奇，此处龙眼的生长速度更是让人惊叹，整个故事充满了古人的浪漫想象。

兄弟俩高兴极了，他们迫不及待地爬上树，采摘了满满两背篓(lǒu)的果子，带回家给母亲吃。母亲吃完，原本因生病而血色尽失的脸上又恢复了红润，虚弱的身体也一日日地好转了。

消息很快传遍了村子，人们都知道了这种神奇果子又能治病又能补身体，纷纷拜托兄弟俩带他们去采摘。善良的兄弟俩感念大家平日里对他们孤儿寡母的照料，也不要大家的钱财，一趟一趟地带着大家去寻找果子。于是，为了纪念这对勇敢孝顺的兄弟，也为了记住这种神奇的果子，大家就把它叫作“龙眼”。

番薯

你喜欢吃香甜软糯(nuò)的红薯吗？红薯也叫番薯，因为它不是我国本土的农作物，而是来自番邦，也就是外国。番薯原产自南美洲，适应性非常强，产量高，在我国南方还有“一造番薯半年粮”的说法，“造”指的是从播种到收割的次数。那么它是怎么传到我国的呢？这背后还有很多段故事，陈振龙引种便是其中的一个。

你知道吗

除了“番”，我们常吃的食物里带“胡”“洋”字的，也说明它们不是原产中原地区，而是从其他地方引进的哦。

相传明朝有位读书人名叫陈振龙，他自幼苦读，不到二十就中了秀才，然而考举人的时候却屡试不第。不过他并没有困在这件事里，反而弃儒从商，开启了与吕宋（今天的菲律宾）的海洋贸易。

他到了吕宋之后，发现当地到处都种植着朱薯，这种作物耐旱易活，生吃也行，蒸熟后更是甘甜如蜜。当时统治吕宋的是西班牙的殖(zhí)民者，他们怎么可能把这样的宝贝给别人？于是便下令任何人都不能将朱薯苗带走。陈振龙想到家乡耕地稀少，土地贫瘠(jí)，一遇到灾年那么多老百姓被活生生饿死的惨状，就下定了决心，无论如何他都要想办法把朱薯带回家乡，哪怕要为此付出生命！

他先是暗中学习种植方法，从当地人口中得知用薯藤就可以种植出新的红薯后，他顿时兴奋不已，下重金购买了薯藤。等到返航的时候，陈振龙就暗中将薯藤绞入船上的缆绳，这才瞒过了港口盘查。

商船在海上航行了七天七夜，终于回到了福建。陈振龙赶忙命儿子陈经纶去向福建巡抚金学曾禀(bǐng)告种植番薯的好处。巡抚得知此事，压抑住内心的兴奋，命陈氏父子尝试栽种，若这一农作物能适应福建的土壤，就可以全面推广。事实证明，番薯确实耐活，轻轻松松就实现了高产。到了第二年，恰逢福建大旱，禾苗枯萎，眼看着要颗粒无收，巡抚金学曾当机立断，命人全省推广番薯种植，最终成功挽救了无数灾民的性命。

后来，福建人便把番薯当作主食之一。为了纪念金学曾，也把番薯叫作“金薯”；为了纪念陈振龙，还修建了一座“先薯亭”。

神女峰

巫山立于翻卷奔腾的江水之中，峰峦层叠，直入霄汉。群山之间，独有一座秀丽峭拔的山峰，宛如玉女临风，亭亭而立。缕缕云雾缠绕在山腰峰巅，轻盈盘旋，久久不散，似鸾(luán)鹤纷飞，在仙子身边翩然起舞。

当地人常说，那座山峰是巫山神女瑶姬的化身。

传说瑶姬是西王母的第二十三个女儿，生得玉肌冰姿，纤细灵秀。西王母对这个小女儿怜爱非常，怕她被天外罡(gāng)风吹伤，或是被尘世浊气沾染，便将她留在瑶池，不许轻易离开。可瑶姬天性活泼，心里像藏着一只小雀，总想振翅高飞，闯荡一番。只要无人看管，她便会在蟠(pán)桃林中摘星，于彩云之上起舞，或是在天河之畔戏水流连，只有大海与人间尚未涉足。

提问

神话故事里常出现这类活泼的女孩，在人间贪玩，你还能想到哪些类似的角色呢？

一日，瑶姬倚着瑶池的白玉栏杆出神，随手拨开眼前的彩云。谁知这一拨，却见下界江水泛滥，田野荒芜(wú)。百姓衣不蔽体，面黄肌瘦，在泥泞的大地上艰难求生。瑶姬心头一震，怔(zhèng)怔望着，第一次生出深深的怜悯。她急忙来到西王母面前，急切地说：“母亲，请允我下凡，救助受难的百姓吧！”

西王母一听，脸色立变，怒道：“你是天界的金枝玉叶，怎能沾染尘世污浊？凡人所受苦难自有定数，你没必要插手。”

瑶姬满目焦急，不解道：“百姓受苦，我身怀法力，难道要袖手旁观吗？”

西王母便劝道：“你在瑶池，饮的是玉露琼浆，穿的是绫(líng)罗鲛绡(jiāo xiāo)，日赏云霞，夜聆仙乐，哪一样不是凡间梦寐(mèi)以求的福气？何必去人间自找苦吃。”

她细细数着天界的好处，眼中满是对女儿的怜惜，但瑶姬却越听越不是滋味。见女儿神情倔强，西王母只好哄道：“你既心系人间，不如先去东海一趟，请龙王出面治水吧。”谁知这番好意竟是暗藏心机——西王母想将瑶姬许配给龙王，让她绝了尘心，日后在龙宫享福便是。

瑶姬初下瑶池，想请龙王出海治水。龙王却百般推辞，整日拉着瑶姬游玩，试图骗取瑶姬的芳心。瑶姬意外得知西王母和龙王的打算，只觉得心如刀绞。她强忍悲愤，转身驾云而去，再不回头。

彼时巫峡一带，民众饱受十二恶龙肆虐之苦，水患连年。瑶姬见此，心中愤愤：“这都是东海龙王的臣民，龙王却任由它们胡作非为！”

她驾着云霞飞到恶龙上空，高声喝道：“江河养育生灵，怎容你们随意作恶？速速回归东海！”

恶龙们抬头一看，见是个纤细少女，纷纷嘲笑道：“哪里来的黄毛丫头，还敢来教训我们？”言语未落，便又兴风作浪，搅得天昏地暗。

瑶姬终是忍无可忍。她拔下头上的碧玉簪(zān)，轻轻一挥，顷刻间风止雨歇，云散天开。随后她又挥袖引风，执雷霆为弓，唤闪电为矢，将十二条恶龙一一击落。

恶龙哀嚎着坠落江中，化作连绵的巫山，拦住汹涌的江水，形成一片浩浩水域。巫山自此重归平静，百姓欢呼雀跃，感激涕零。恶龙虽除，但巫山地界依然潮湿闷热，瘴(zhàng)气弥漫。瑶姬见百姓仍生活困苦，便决心留下护佑一方。

后来，大禹治水至此，巫山山高水险，阻断了水道的开凿。瑶姬便托梦给大禹，亲授《黄绫宝卷》，指点他如何开山凿石，引江通道。大禹醒来，依计开凿，自此舟

船畅行无阻。

时光流转，瑶姬久久未归，西王母思念小女，便派她的二十二位姐姐亲赴巫山，迎回她们的小妹。众仙女聚于云端，见到瑶姬，纷纷劝她归去。

有人向她说起母亲的思念：“母亲思念妹妹，寝食难安，你还是和我们一起回去吧。”

也有人不解瑶姬的选择：“天宫有什么不好，妹妹又为何偏偏要待在这蛮荒之地？”

瑶姬含泪摇头，指向四野：“姐姐，你们看，百姓还在受苦，我怎能忍心离去？”

众仙女循着她指的方向望去，只见山坡上，虎豹正追逐着樵(qiáo)夫。瑶姬立刻弯腰，抓起泥沙，轻轻一撒，泥沙霎时化作无数飞箭，将猛兽一一射毙。山脚下，又有一名瘦弱老人气喘吁吁，快要倒下。瑶姬便截断几缕青丝，扬手撒去，青丝立刻化作灵芝，长在老人面前。老人捧起灵芝含在嘴里，面色渐渐转红，精神也恢复如初。远处江面，有船正逆流而上，纤夫们将粗粗的纤绳负在肩上，腰身弯得几乎贴地。瑶姬望见心头酸涩，轻轻朝西方吹了一口气，顿时江面扬起了一阵清风，船帆鼓满，小船破浪而行。

仙女们看在眼里，心头震动，再无人出声劝说。她们有的被打动，愿意留下与妹妹一同护佑人间；有的却难舍天界的母亲与繁华，决定归去。瑶姬笑着数了数，正好一半一半。

“母亲年岁已高,需要照顾;百姓多灾多难,需要守护。姐姐们一半回天庭，一半留人间，正是两全其美的选择。”

众仙女含泪点头，分道而去。从此，瑶姬和她的十一位姐姐便留在了人间。

她们日夜守望，风雨无惧，春秋不息，早已忘了休息，也忘了自己。她们将自己所有的热情都寄托在了这片山光水色之间，几千年如一日。久而久之，瑶姬化为了巫山最纤丽峻峭的一峰，她的姐姐们则化作周围连绵的山峰，一同守卫着脚下的土地。

每当晨曦(xī)初照，神女峰顶烟霞缭绕，若隐若现，一道俊秀婀娜(ē nuó)的影子伫立云间。远远望去，仿佛仍是衣袂(mèi)飘飘、笑靥(yè)如花的瑶姬，在天与地之间，静静守望着苍生。

江水无言，峰峦无声，唯有巫峡间飘荡的风，轻轻地讲述着千年的传说。

望娘滩

釜(fǔ)溪河从威远县两母山一路奔腾，穿过川西平原，弯弯绕绕汇入沱(tuó)江。河水冲出片片河滩，滋养出肥沃的土地，让两岸百姓世代安居。

其实在很久很久以前，川西平原曾爆发过一场大旱灾。稻田焦裂，草木枯黄，往日丰沛(pèi)的雨水像被施了法术一般消失。就连釜溪河也瘦成了一条小溪，艰难地维持着沿岸村落的生计。村子里有位聂大娘，和十四岁的儿子聂郎相依为命。懂事的聂郎早就主动分担起养家的重任，每天上山砍柴割草。

聂郎有个好朋友叫长生，比他大几岁，像亲哥哥一样关心照顾他。长生在地主周洪家里当马倌(guān)，每次周家要收草料，他都会偷偷告诉聂郎。这次，周家新买了一匹雪花马，日日都要喂最新鲜的草料，长生便把这个消息告诉了聂郎。

背景延伸

在古代，普通百姓没法像现在这样自由耕种，他们必须去地主家租田来种，因此催生了许多不劳而食的地主阶级，直到新中国成立后，这种现象才彻底消失。

第二天，天还没亮，聂郎就背着背篓往赤龙岭去了。

赤龙岭下的化龙沟，从前鱼肥虾美，岸边长满青草，如今只剩下满地乱石。聂郎正沿着山路往深处走，忽然，一只肥硕的白兔跑过，他赶紧追了上去，心想：“这兔子长得这么壮，肯定没少吃好草，跟着它说不定就能找到新鲜青草。”他追着白兔跑到一座荒废的土地庙，果然发现了一片草地。聂郎满载而归，第二天又去土地庙附近找草。没想到，昨天刚割过一茬(chá)的地方，竟然又长出了嫩嫩的草叶。

“要是能把这片青草移到家里，我就不用天天跑这么远了。”聂郎想着，动手把土刨(páo)松，轻轻挖出带根的青草。挖着挖着，一汪清水冒了出来，再仔细一看，土里竟埋着一颗流光溢彩的小珠子。聂郎知道捡到宝贝了，小心翼翼地把珠子揣进怀里。

天黑透了，聂郎才赶回家。灶房透出火光，是聂大娘正在做饭。聂郎兴奋地冲到屋里，从怀里掏出小珠子，光芒顿时照亮了灶房。聂大娘忙捂住他的手，小声说：“你快把它藏到米缸里吧，被那些坏心眼的看到就不好了。”聂郎就把宝珠藏到了米缸的最底下。

谁知一觉醒来，米缸里满满都是白花花的新米。聂郎惊喜地叫着“娘”，把这个好消息告诉了聂大娘。后来他发现，这颗宝珠能让万物生长，取之不尽。从此，聂郎家再也不用为吃穿发愁，还能帮助村子里的穷苦人家，让大家都能吃饱穿暖。

可聂郎家的变化引起了有心人的注意。终于，有人发现，这都是因为聂郎手里的那颗宝珠。一传十，十传百，这消息很快传到了地主周洪的耳朵里。周洪恨不得把天底下所有的宝贝都据为己有，眼前却有个稀世珍宝在这个穷鬼的手里，他心里嫉恨极了。这贪心鬼和管家一商量，就决定诬(wū)陷聂郎偷了周家的宝珠，要把他送去坐牢。他们越说越兴奋，都没注意到窗户没关。长生偷听到了周洪和管家的毒计，赶紧跑去告诉了聂郎。

可没等聂家母子逃走，管家就带着十几个家丁围住了他们，押着母子俩，说他们偷了周家的宝贝，还把屋里翻得乱七八糟。找不到宝珠，管家就要搜聂郎的身。聂郎走投无路，只好把宝珠吞进肚里，宁死也不让宝珠落进坏人手里。

“给我打！往死里打！让他给我吐出来！”管家叫嚷道。

得了命令，家丁们像恶犬一样扑了过来，拳脚全往聂郎肚子上招呼。多亏长生赶忙喊来了其他村民保护聂郎，不然，这伙人恐怕会把聂郎活活打死。

村民们把聂郎抬到床上，聂大娘守在床边，捧着儿子的手不停掉眼泪。半夜，聂郎才慢慢醒来，嘴里不停喃喃道：“水，我要喝水……”聂大娘扶起他，把碗送到他嘴边。聂郎喝了一碗又一碗，却还是觉得心口火烧火燎，干渴难耐。他踉踉跄跄跑到水缸边，埋头猛喝，几口就喝光了一缸水。

“渴，娘，我好渴啊……”

“儿啊，你到底哪里不舒服？这么喝水会把肚子撑坏啊！”聂大娘急得直哭，“咱不喝了，不喝了行不行？”

“可是娘，我心里像是有火在烧，实在太渴了……”

话音刚落，一道闪电劈下，紧接着雷声轰鸣。聂郎捂着心口，脸色煞(shà)白，额头全是冷汗。他突然转身跑出屋子，向釜溪河奔去。聂大娘追上去，到了河边，看见聂郎把头埋进河里，疯狂地喝水。又是一阵电闪雷鸣，聂大娘赶紧拉住聂郎的脚，生怕他掉进河里。这时，聂郎转过头来，露出一张奇怪的脸：头生双角，嘴边生须，脖子上还长出闪闪发光的红色鳞片。聂郎竟然在慢慢变成一条蛟龙！

狂风呼啸，暴雨倾盆，河水迅速上涨。周洪带人举着火把追来，发誓要抓住聂郎，剖腹取珠。谁知聂郎此时已经变成一条长龙，只有一只龙爪还被聂大娘紧紧抓住。他让聂大娘松手，龙尾一甩，飞进河里，掀起巨大的波涛。

周洪到了河边只看到聂大娘，便抓住她，逼她说出聂郎的去向。聂大娘流着泪怒斥道：“你们这些恶人，逼死我的儿子，不怕遭天谴(qiǎn)吗？”话音未落，惊雷炸响，聂郎掀起的浪涛瞬间卷走了这帮恶贼。

过了一会儿，河水平静下来，天也慢慢放晴了。

聂郎在水里和聂大娘告别：“娘，您多保重，孩儿必须得走了。”

聂大娘哭得声音都嘶哑了，追着问：“儿啊，那你什么时候才能回来？”

“我会和河水一起流向大海，只怕是要等到石头开花，马儿长角，孩儿才能回来见你了……”

聂大娘心痛欲裂，她爬上一块巨石，朝东方哭喊着：“儿啊！儿啊！”

聂郎和河水一起向前，每听到娘喊一声，他就忍不住回头望一眼，河水也因此变得缓慢，冲出一片河滩。聂大娘连喊了二十四声，聂郎就回头了二十四次，于是就出现了二十四个河滩。自此，釜溪河畔便点缀(zhuì)着二十四个河滩，人们叫它们“望娘滩”。

点拨

河滩本是无情物，但人们将动人的亲情融入真实的地势地貌中，使之充满了感情，令人动容。

神农架的由来

传说在上古之时，人们还不懂得农耕，只能靠捕鱼打猎、采集野果为生。大自然里处处都是危机：丛林间可能有致命的毒蛇，人们与野兽追逐搏斗时很可能受伤，有时候一场风寒、一场瘟疫便能让一个部落消失。因为无药可医，生了病也只能硬扛着，扛过了就活下来，扛不过就会失去生命。而且即便人们已经很努力地去打猎采集了，获得的食物仍然不够填饱肚子。人们艰难地在这片大地上求生。

神农作为部落的首领，看到大家面对疾病无能为力、因食物不足而面黄肌瘦的样子,内心充满了痛苦。他常想，自己应该怎么做才能拯救大家？直到有一天，他看到受伤的野兽去寻找一种野草吃下，从中获得了灵感：何不亲自尝遍百草，这样既能为百姓找到可以充饥的新食物，还能辨别治病的草药！

神农当机立断，安排好其他人负责部落的工作后，便召集了一批勇士与自己一同出发。在这个野兽遍地的时代，人们只有团结在一起，才能发挥巨大的力量。

众人一起从家乡厉山[①]出发，向着西北的密林前进。神农料定，西北群山密布，草木葱茏(lóng)，那里肯定生长着多种多样的植物，能满足他们的需要。

他们风餐露宿，日夜兼程。饿了，就用随身带的干粮充饥；渴了，就用山间的泉水解渴。整整走了七七四十九天，他们终于抵达了此行的目的地。果然，如神农所预料的那样，连绵起伏的群山之间生着溪流与峡谷，古树参天，花草繁茂，好一派生机勃勃的景象。

刚下过一阵雨，林间雾气弥漫，给山脉披上了一层神秘的面纱。在雾气中，神农等人迷失了方向。忽然，一群凶神恶煞的虎豹从峡谷里突然现身，扑向众人。它们张着血盆大口，恶狠狠地瞪着眼睛，大声咆(páo)哮着。

众人惊慌失措，四散而逃。但神农面上毫无惧意。手中的神鞭"呼呼"作响，发出慑人的声音。鞭子落在野兽们的身上，打得它们嗷嗷直叫，落荒而逃。那些虎豹的身上都被神鞭抽出了一道道伤痕，难以愈合。后来，这些伤痕就变成了它们兽皮上的斑纹。

赶走了野兽，神农终于可以放眼打量面前的山林。只见眼前群山高耸入云，四面都是刀削斧劈般的光滑崖壁，根本无处供人落脚。可是远远望去，山崖上各种各样的植物迎风招摇。他望眼欲穿，这可怎么办呢？

正当神农眉头紧锁、一筹莫展的时候，他忽然看到

---

①厉山：位于湖北省随州市。

几只猴子在林间灵活地攀爬跳跃。他眼睛放光，兴奋地高喊："有办法了！"

大家立刻一起行动起来，用斧头砍倒树干，用镰(lián)刀割下藤蔓，再将它们绑在一起，靠着山崖搭建可供攀登的架子。就这样，大家搭了一层又一层，不论是烈日炎炎的夏天还是冷风刺骨的冬天，都没有停工。经过大家的齐心协力，终于搭成了一座延伸到山顶的架子，整整三百六十层。后来，人们就给这个地方取名为"上天梯"。

大家一起小心翼翼地沿着木架攀爬，一步一步爬上了山顶。山顶的世界是那样美丽，简直就是花草的王国，每一丛每一朵都长得生机勃勃、形态各异。神农欣喜若狂，迫不及待地采摘花草，一样一样地放进嘴里品尝。花草的味道各不相同，有的清甜，有的苦涩，各种滋味在舌尖打架。

但是，究竟哪些花草能满足人们的需要呢？神农决定仔细琢磨，反复尝试。白天，神农和大家一起在森林里四处穿梭奔走，采集各种花草；晚上，他们就一起在篝(gōu)火边记录下白天尝过的植物。神农品尝植物认真而仔细，从果子、根茎到花朵、叶子，他都不放过。在尝试的过程中，他有好几次中毒倒地，昏迷不醒。其他人都吓坏了，反复劝他不要再以身试险。但神农依然凭借顽强的意志坚持了下来。他在生与死的边缘游走，也正因此掌握了不少毒药的用法与解法。

就这样，他们在连绵的山峰之间不断攀登，始终用葛(gé)藤捆木杆的方法搭出架子，艰难地攀爬翻越。每到一处，他们都仔细搜寻，不放过任何可能。功夫不负有心人——终于，神农从无数的杂草中找到了稻、粱、粟(sù)、麦、豆这五谷，尝出了数百种草药，大家合力将它们带回了部落。

点拨

神农的故事反映的其实是中国农业的起源，因此神农也被后世尊为“农神”。

神农在大山中奔波了几十年，他的足迹遍布每一处角落，到处都留有他搭的架子。后来，他就在山顶羽化成仙，一直守护着这片土地和世世代代生活在这里的百姓。后人为了纪念神农的功绩，就把这个地方叫作“神农架”。

智勇侠义

巧媳妇

从前有个老汉名叫张古老，聪明了一辈子，生下的四个儿子却有些呆头呆脑。前三个儿子娶进门的媳妇，脑子也不大灵光。张古老打定主意要给小儿子找个灵巧的媳妇。为了广撒网，他把自己的三个儿媳妇都利用上了。张古老把三个儿媳妇叫到跟前，让她们回一趟娘家，大媳妇要住三五天，二媳妇要住七八天，三媳妇要住十五天，但是她们三个必须同去同归。而且三人回来的时候都要给张古老带一份礼物，大媳妇要带骨包肉，二媳妇要带纸包火，三媳妇要带没有脚的团鱼。

这些听着都是不可能完成的任务，张古老为的就是把这件事闹得尽人皆知，三个儿媳妇的娘家各不相同，能接触到非常多的人，总会出现聪明灵巧的姑娘帮儿媳妇们解决这个问题。小儿子问道：“爹，要是解决问题的是个大汉，或者是个老婆婆可咋办？”张古老敲了小儿子脑袋一下：“笨，那我不会再出别的问题吗！”小儿子抱着脑袋，憨憨地笑了。

三个儿媳妇不敢不听公公的话，只好挎(kuà)着包袱(fú)，一步三回头地离开了。她们走着走着，觉得天都要塌了，这要是完不成任务，再也回不来可如何是好？三人走到分岔(chà)路口，面面相觑(qù)。大儿媳掰(bāi)着手指头算：“三五天是三天还是五天？”二儿媳揪着帕子发愁：“纸包火不得烧成灰？”三儿媳干脆瘫(tān)坐在地：“没脚的团鱼莫不是妖怪？”三人哭作一团，惊飞了柳树上打盹的老鸹(guā)。

王屠户在路边搭了个草棚，带着女儿巧姑在草棚下卖肉。王屠户听到哭声，吓了一跳，赶忙命女儿去看看怎么回事。巧姑应了一声，小跑过去，就见到三位大嫂哭个不停。她赶忙劝道：“三位嫂子，天塌了也有地顶着呢！到底是什么伤心事？”

听完原委，她扑哧(chī)笑出声：“三五一十五，七加八也是十五，这不就能同去同回？”接着又说：“骨包肉是鸡蛋，纸包火是灯笼，没脚团鱼嘛就是嫩豆腐，水灵灵的豆腐可不是翻着白眼吐泡泡？”三人瞬间喜笑颜开，赶忙谢了又谢，这才各自回了娘家。

半月后三人同时归来，见到公公后立刻拿出礼物。张古老知道她们没那个本事，忙问是谁帮她们解决了问题。三人也不敢隐瞒，张古老听完后喜得直拍大腿：“快把媒婆请来！”

媒人顺利完成了任务，王屠户觉得张古老颇有智慧，他家家风不错，就同意把女儿嫁过来。巧姑深受公公喜爱，家里大事小事都愿意听听她的意见，而其他几位儿媳妇本性纯良，也不会嫉妒她或者嫌弃她年纪小，反而高兴家里又多了一个聪明人。

然而“天有不测风云，人有旦夕祸福”。家中的儿子和儿媳都下田里劳作，还孝顺地让张古老在家中休息。张古老心里热乎乎的，回想前半辈子为了养活家里的四个小子，辛苦干活，都说“半大小子吃穷老子”，他很多时候还得觍(tiǎn)着脸朝别人借钱。如今四个儿子都长大成亲了，家里的日子也越来越好了，他喝着小酒，哼着小曲，快活极了。一时高兴之下，他就顺手捡起地上的黄泥块，在黑漆漆的大门上写上了“万事不求人”五个大字。写完后张古老便回屋呼呼大睡。

偏偏知府巡视地方，骑着马从张古老家门前经过，瞧到了这几个字。这个知府最是小心眼，暗自心想：“这家人挺猖狂啊，万事不求人，岂不是连我这个知府都不放在眼里，我非要让你求一求我才行！”于是他命衙(yá)役把说大话的人抓来。

张古老被凶神恶煞的衙役拖了出来，酒彻底醒了。“智者千虑，必有一失”，张古老懊悔极了，自己得意之下居然丢了小心谨慎。

知府不等他开口认错，就直接说道：“我还以为能写‘万事不求人’的人有着三头六臂，没想到竟然是一把老骨头。你既然这么张狂，想来是有本事的。本官限你三日内替我寻来三样东西。寻来了我无话可说，要是寻不来，非要治你欺官之罪不可！”

张古老知道是躲不过去了，便不卑不亢地问：“敢问老爷，是哪三样东西？”

知府道："公牛下的牛犊(dú)，能灌满大海的香油，还有能遮天的黑布！少了一件，本官都要你好看！"说完，就扬长而去。

这下子张古老也想不出解决办法了，坐在家里唉声叹气。巧姑等人回来后，看到张古老愁容满面，忙问原因。张古老懊恼地说："都怪我高兴之下，忘了本分。"

巧姑听了前因后果，笑着说道："这话哪里说错了？咱们庄稼人吃自己的，穿自己的，可不就是万事不求人！你就放宽心，我保证给你办得妥妥的。"

点拨

面对知府的刁难，巧姑的话也是古代老百姓的心声。

三天之后，知府带着一群衙役来了，却没见张古老的身影。知府眉头一皱，正要命人搜屋抓人，巧姑淡定地福了福身，说道："老爷，我公公今早刚生了孩子，还在坐月子呢，实在不方便出来。"

"男人能生孩子？"知府惊得差点掉了乌纱帽。

"男人不能生娃，公牛咋下犊呢？"巧姑眨眨眼。

知府噎得直瞪眼："那灌海的油呢？"

"劳驾老爷先把海水舀(yǎo)干，我马上就灌。"

"放肆！遮天的黑布总该有吧？"知府故意大声嚷嚷道，仿佛这样便能压住巧姑。

巧姑仰头望天："您量过天有多宽？尺寸不对可怨不得我们。"

围观人群哄笑如炸雷，知府满面通红，忙带着一群人匆匆离去。大家纷纷赞扬张家有个聪明的老公公，现在还多了个灵巧的好媳妇。张古老也感叹道，这个家要换个掌家人喽！

聚宝盆

元朝末年，天下处于动乱之中，江南有一个穷苦人名叫沈富。有一天晚上，他忽然梦到百余名青衣人跪倒在地，哭着哀求道：“求恩公救我们一命！”他从梦中惊醒，不知道为什么会做这么奇怪的梦。

等到天亮之后，沈富外出干活，路过江边时，遇见一位老渔翁正准备在岸边宰杀青蛙。再看他的竹篓里，竟有足足上百只青蛙正在拼命挣扎，看着可怜极了。他猛然想起梦中的那群青衣人，慌忙掏出身上全部铜钱，大喊道：“这些青蛙我买了！”老渔翁心想青蛙肉不吃也罢，还是换钱更重要，就把青蛙都卖给了沈富。

沈富小心地将青蛙倒入自己屋后的池塘里。当天夜里蛙鸣声如雷，吵得沈富难以入眠。好不容易等到天亮，他起身打算把那群聒(guō)噪的青蛙赶走，没想到走到池塘边一看，那群青蛙竟然团团围绕着一个瓦盆。这盆看着与寻常陶器没什么差别，他便顺手带回家给妻子当洗脸盆用了。

一天，沈富的妻子早上起来梳洗时，不慎将银发簪掉进盆里。她赶忙伸手去取，没想到盆里竟然长出了一盆银簪子，连簪子上的细微划痕都分毫不差。沈富颤着手扔进一小块碎银，眨眼间瓦盆里就全变成了碎银。沈富这才明白自己得到了一个聚宝盆。

整本书阅读

沈富的聚宝盆可以生长出掉落的物品，书中还有其他宝物有类似的神奇之处吗？

沈富用这些钱买房买田，做起了生意，没几年就富甲天下。当时人管富豪叫“万户”，沈富又在家中排行第三，就有了“沈万三”的名号。

后来明朝建立，朱元璋在南京称帝，需要重修南京城。但是当时连年战乱，国库空虚，沈万三见状，便主动向皇

帝示好，出资修建了三分之一的南京城。沈家修建城墙竟然比国家修建得还快，这让人见识到了何谓富可敌国。沈万三大大出了一回风头，进一步提出要犒(kào)赏三军。朱元璋大怒，小小匹夫竟然敢犒赏天下之军，是想要收买军心吗？这等乱民，必须诛杀。幸好有仁善的马皇后为他求情，沈万三这才保住了性命。沈家一家人被改判流放岭南，家产尽数充公。

官兵抄家时，搜出那尊瓦盆，老太监认出了那便是先秦时便失传的聚宝盆。后来眼看着南京城快要修建好了，没想到又出现了一件奇怪的事情：每次在中华门修建的城墙，都会很快坍(tān)塌。朱元璋询问军师刘伯温，刘伯温算了一卦后说：“城墙下有妖物捣乱，必须在地基那里埋下神物来镇压，才能保证城墙不塌陷。”

于是朱元璋下令将沈万三的聚宝盆埋入地下，这次城墙十分顺利地建了起来。后来人们都喊这座新城门为“聚宝门”。

徐文长难倒窦太师

相传明朝时期，一位姓窦(dòu)的太师奉旨南下，前往浙江绍兴主持科举考试。

科考为国选才，是关乎社稷(jì)兴衰的大事。因此，历

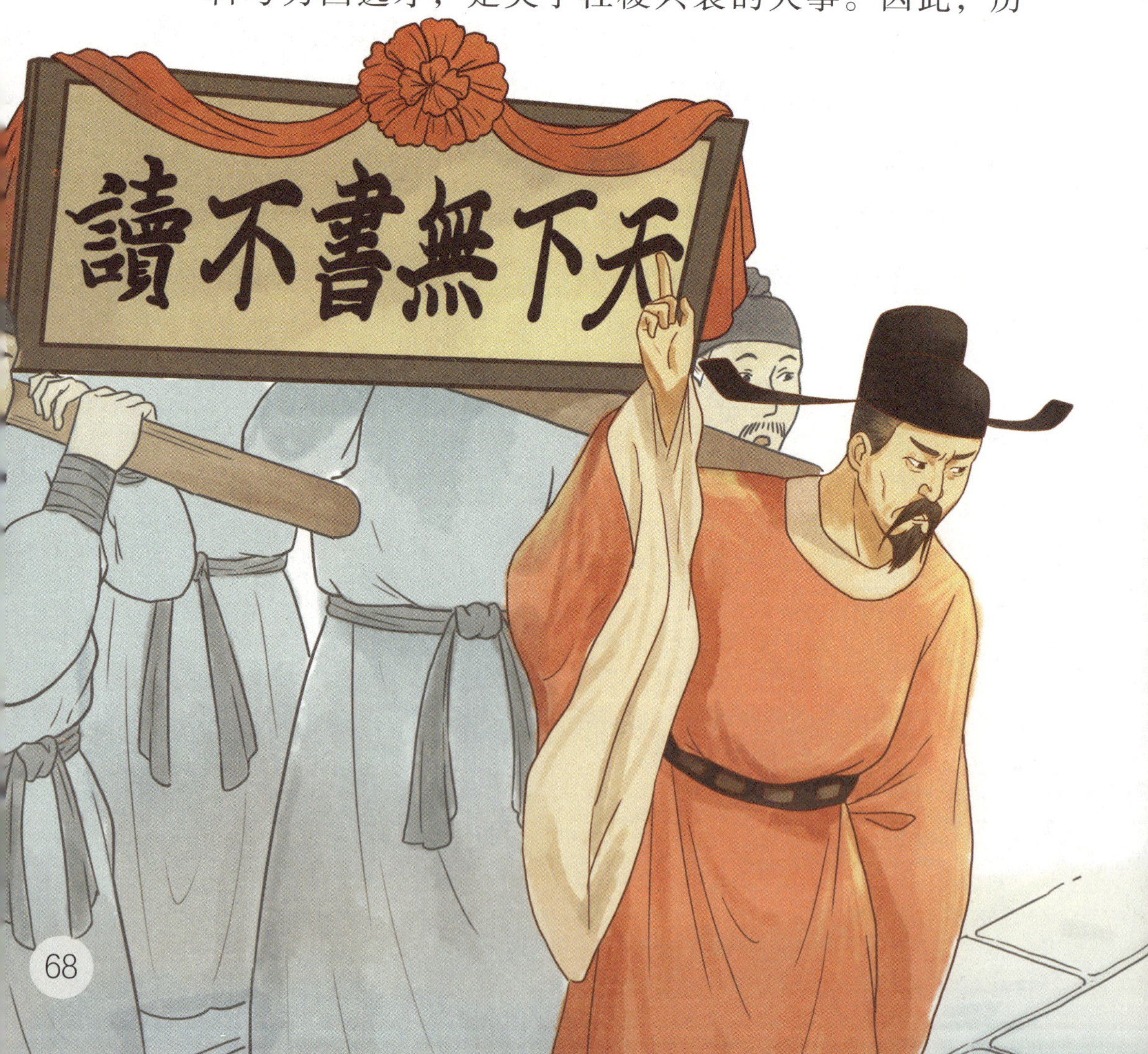

来担任主考官的人，无不学识渊博、眼光独到。这位窦太师也不例外，他自幼好学，聪慧过人，三考[①]名列前茅，于书无所不窥，是天下读书人的楷(kǎi)模。朝廷委此重任，便是希望他慧眼识珠，从莘莘学子中擢(zhuó)拔真正的英才。

然而，窦太师到绍兴后，既不认真履行提学道的职责，也不继承前贤传统，以礼待才，反而自矜(jīn)自傲，大摆官威。每次出门，他都命专人高举皇帝亲赐的金牌，前有锣(luó)鼓开道，后有随从簇拥。声势之浩大，扰得沿街百姓苦不堪言。

可没人敢抱怨，因为那块金牌上赫然刻着六个大字——“天下无书不读”，既是皇恩加身的象征，也是压倒众口的利器。谁敢质疑？谁敢讥讽？人们只有低下头，沉默不语。

这在这时，有一人站了出来，他不但敢说，还敢做。此人便是绍兴才子徐文长。

你知道吗

徐文长是明代的文学家、书画家，在诗文书画领域都有所建树。传说他从小就聪慧异常，这篇民间故事便是对他才智过人的歌颂。

这天正值盛夏，暑气蒸腾，城中石板路被晒得发烫。徐文长听说窦太师要去巡视学宫，心里有了主意。他宽衣解带，赤身露胸，躺在窦太师的必经之路——东郭门内的官道上，枕着手，闭上眼，假装在睡觉。

---

①三考：旧时科举中的“乡试”“会试”和“殿试”。

不久，一阵锣声由远而近，伴随着阵阵喝道声，是窦太师的轿子来了。前头开道的执事见有人睡在官道上，任锣声如何响亮，也没有避让的意思，脸色一变，快步奔到轿前通报："启禀太师，前方有人拦道。"

"拦道？"窦太师掀开轿帘，脸色不悦，"何人这般无礼？"

他怒气冲冲地走下轿子，只见拦道的少年神情惬(qiè)意，姿态悠闲，仿佛丝毫不被暑热影响。窦太师奇怪地问："如此热的天，你睡在石板上做什么？不怕晒脱了皮？"

徐文长缓缓睁开眼，站起身，故作恭敬地向窦太师拱手作揖，回答道："日头正盛，学生正好晒一晒肚子里的万卷藏书。"

窦太师冷哼一声："小子好大的口气。"他早听说绍兴才子如云，见拦道的少年如此年轻气盛、大言不惭，心中也起了较量的念头，开口说："既然你满腹诗书，想必对课②也是手到擒(qín)来。我这儿有个课，你若是对不出，就速速让道吧！"

"太师且慢，"徐文长立刻反问，"若学生对得出呢？"

眼前不过是个乳臭(xiù)未干的黄毛小子，窦太师压根没考虑过这个可能，他随口说："若你对得出，老夫就将全副仪仗停在这里，步行走去学宫。"

---

②对课：旧时学习词句和准备作诗的练习，俗称对对子。

徐文长心里满意极了，他站得笔直，神情从容："还请太师出题。"

渐渐有围观的百姓聚了过来，他们有的屏息静听，有的窃笑摇头，心中无不佩服徐文长的胆识，竟敢和太师当街对课，还扬言自己"对得出"。

窦太师将目光扫向街口，想起绍兴城中有三座著名的阁老台门，便念出一句："南街三学士。"

话音刚落，徐文长不假思索地回道："东郭两军门。"

窦太师眼中闪过一丝意外。这上句说的是三位文官台门，对的既是地名，也暗含身份地位。而"东郭两军门"，文武相对，十分恰当。他本以为这少年只会耍嘴皮子，却没想到第一句便对得这样自然、妥帖。

窦太师咳了一声，嘴上仍不服气："这一课太简单，算不得什么，接着来。"他抬头远望，远处塔影、塔上飞鸟皆映入眼帘，心中一动，缓缓念道："大善塔，塔顶尖，尖如笔，笔写五湖四海。"

这是一道连环课，嵌(qiàn)景嵌意，又带比喻，出得颇有难度。周围听众一时安静下来，风似乎也停住了。

徐文长略一思索，便自信对道："小江桥，桥洞圆，圆似镜，镜照山会两县。"

人群中传来一阵低声称赞，大善塔、小江桥皆为绍兴名胜，而小江桥恰好处在绍兴的山阴、会稽两县中央，桥洞如镜，映照两岸景色，真是妙啊！

窦太师也忍不住夸赞出声："好奇才！"待他回过神，

心中却五味杂陈，本想借对课压一压绍兴才子，结果竟是自己落了下风。

这时，徐文长忽然上前半步，指向那块高高悬挂的金牌匾(biǎn)，语气似问非问："太师，学生斗胆请教，不知这块牌匾上的六个字作何解释？"

窦太师挺直脊背，正声道："这金牌乃圣上御赐，六字'天下无书不读'，正是嘉许老夫学识渊博，世间书卷，皆有涉猎。"他语气多了几分自得，似乎已将刚才对课的挫败抛诸脑后。

徐文长紧接着问："太师既无书不读，想来时宪(xiàn)书[3]也熟读于胸吧？"

"这……"窦太师一怔，脸上微微泛红。他脑中飞速翻找，却是从未听说过有这本书的名字，一时哑口无言。

徐文长微微一笑，从袖中取出早就准备好的《万年历》，双手奉上："此书太师或许未曾读过，不妨由学生献上，代为诵读。"不等窦太师回答，他径自背诵起来，声音清朗，语调沉稳，竟将这本杂而繁的《万年历》背得如讲书一般引人入胜。

窦太师也是过耳不忘的聪明人，徐文长背完，他便也流利地背了一遍。可没等他露出几分得意之色，徐文长又开口了："太师能顺背，自是极好。可若倒背呢？"

窦太师脸色顿时僵住了，围观的人们也愣住了。四

---

③时宪书：古代的一种历法书籍，记录了年月日、节气、星宿等内容。

下寂静，只有树梢的蝉自顾自地鸣叫，高亢嘹(liáo)亮，连绵不绝。

徐文长环视四周，不紧不慢地将《万年历》从尾到头背了一遍，字字清楚，毫无错漏。背完后，徐文长收起书页，拱手行礼，仍是那副从容模样：“太师学问深厚，学生不敢妄言。但这‘天下无书不读’六字，恐怕言之过早了。”

他又望向那块高悬的金牌，语气平和，话中却暗藏锋芒：“若太师连‘倒读’也未曾修到，那这块金牌——该作何处理？”

窦太师望向四周，随从和百姓们都屏气凝神，那块“天下无书不读”的金牌，也在骄阳下闪着刺眼的光。他长叹一口气，缓缓点头：“这块金牌，自然是不适用了。”

说罢，他摆摆手：“停轿，收锣。”

众目睽(kuí)睽之下，这位原先八面威风的太师撩起袍角，一步一步，朝着学宫的方向走去。

阳光猛烈，石板灼(zhuó)热，而此刻，城中百姓的心里，却像吹来了一阵清风。

从此，窦太师出行虽有仪仗随行，却一切从简，不再喧哗，也不再将那块“天下无书不读”的金牌拿来开道了。

八仙过海

古时候，有八位身怀绝技的仙人闻名于世，他们分别是汉钟离、张果老、吕洞宾、铁拐李、韩湘子、曹国舅、蓝采和、何仙姑。八仙走遍人间，劫富济贫，锄强扶弱，做了许多善事。他们的美名在民间口口相传，甚至连九重天上的仙人都有所耳闻，消息还传到了王母娘娘耳中。

王母娘娘听到这件事，当即高兴地宣布道："太好了！我要邀请他们参加今年的蟠桃会①，好叫天上的神仙们都能知道他们做的善事！"

王母娘娘也是一片好心，可她却偏偏忘记了这蟠桃会可不是一般的宴会，能得到邀请的都是天上有头有脸的神仙，哪个小仙要是得到了机会，可是能在伙伴之间好好地炫耀上几十年的。今年的宴会怎么偏偏叫几个无名的人间散仙混进来了？一些心气不顺的小仙觉得咽不下这口气，决定要给这八个人一个下马威瞧瞧。

---

①蟠桃会：据说西王母的诞辰日是七月十八，但每年的三月初三，天界各路神仙都会集于瑶池，为西王母庆寿，俗称"蟠桃会"。

蟠桃宴这天，瑶池[2]之上霞光万丈，花团锦簇。晶莹剔透的玉桌上，摆满了红艳艳、毛茸茸的大蟠桃，清新的果香沁(qìn)人心脾，剥开桃子皮，汁水四溢，鲜嫩多汁。除了堆成小山的蟠桃，桌子上还摆满了珍馐(xiū)佳肴，杯中倒满了美酒佳酿。乐师舞者们在舞台上载歌载舞，仙鹤瑞兽们在云端欢腾盘旋，整个瑶池都沉浸在这热闹非凡的盛大景象之中。

酒足饭饱，八仙心中还惦记着下界的百姓，便要向王母娘娘辞行。他们踉踉跄跄地驾起祥云，却惊讶地发现来时平坦的道路不知怎的，竟变成了一片汪洋大海！海面狂风大作，波涛汹涌，凶险万分。虽然前方看上去无路可走，但八仙脸上却丝毫不见惊慌之色。

八仙当中，要属吕洞宾点子最多。他眼珠子骨碌一转，笑着说："诸位仙人，既然来时道路已消失不见，不如我们就各凭本事从海上回去，比一比谁更有神通，如何？"大家听完他的提议，纷纷应和，叫起好来。

阅读任务

仔细阅读下面的段落，梳理一下八人都是如何过海的。他们的过海方式体现了每个人什么样的性格特点呢？

八人纷纷掏出自己的法器，各显神通。汉钟离性子风风火火，只见他哈哈大笑，将芭蕉扇"唰"地展开，往水中一抛，大喊道："我且先行一步！"芭蕉扇在海面上乘风破浪，

②瑶池：中国古代神话传说中昆仑山上的池名，西王母居住的地方，后来也泛指宫苑中的美池。

稳如磐(pán)石。铁拐李也紧随其后，他不紧不慢地将拐杖放到海中。神奇的是，这根巨汉都抬不起的沉重拐杖，一遇到海水就轻盈地漂浮起来，随着他的心意，灵巧地在海浪间穿梭。

吕洞宾手中拂尘一扬，那气势汹汹的海浪竟然乖顺地分开了两路，给吕洞宾留下了一条干净的通道。见状，曹国舅踏着玉笏板、韩湘子踩着紫金箫，连忙紧随其后。

其他的仙人们也不甘示弱，纷纷使出自己的本命法宝：何仙姑亭亭玉立地随着海浪浮浮沉沉，脚踏一朵盛放的莲花，别有一番雅韵；张果老的毛驴正奋力摆动四肢划水，无师自通地学会了游泳，而张果老施施然倒坐在毛驴上，正优哉(zāi)游哉地看着海景；蓝采和坐在自己用竹子编的花篮里，不紧不慢地划着水，与同伴们说笑。

八仙正在海面说笑嬉戏，好不欢乐，龙王却正在水下气得龙须乱颤。他看着八仙潇洒渡海的身影，妒火中烧："可恶！我龙宫奉命守海，却没有任何一个人受到邀请。难道我堂堂龙王，还比不上人间几个散仙？今天定要让他们知道厉害。"于是，他想办法将八仙回家的必经之路变成汹涌的海洋，想要让八仙当众出丑，却没料到八仙各显神通，区区海浪根本拦不住他们。

龙王猛地一拍宝座，唤来虾兵蟹将，咬牙切齿地吩咐了一通："八仙竟敢在我的地盘上撒野，给我趁他们不备，抓一个回来！"手下们纷纷应诺，各自领命而去。他们游到海面上，在海浪的掩护下悄悄靠近队伍末尾的蓝采

和。蓝采和正哼着小曲打理自己的花篮，忽然一股暗流涌来，还没等他反应过来稳住身形，就被几只手拽入海底。

不知从什么时候起，海面弥漫起浓浓的白雾。在浓雾中，其他七仙并没能第一时间发现蓝采和不见了。直到铁拐李忽然意识到，好一段时间没听到蓝采和活泼的声音了，他们分头寻找，可是哪里都没见到蓝采和的身影。

张果老猜测道："既然蓝采和在海上失踪，就算不是龙王作怪，也肯定和他脱不开关系。我猜肯定是龙王不愿见我们在他的大海上各显神通，就把蓝采和抓到龙宫里去了。走！咱们一起去龙宫，找那龙王要个说法。"

听到这，暴脾气的铁拐李勃然大怒。他双脚一蹬，潜入海底，站在龙宫门口破口大骂道："我乃铁拐李。堂堂龙宫竟在光天化日之下劫走上仙蓝采和，眼里还有没有天规了！若不速速交出蓝采和，我定要把你这龙宫夷为平地！"

龙王还没说什么话，龙太子就按捺(nà)不住，轻嗤一声："区区草芥游医，连瘸(qué)腿都尚未治愈，就来我龙宫前大呼小叫，口出狂言，真是不自量力！"

众仙陆续赶到，闻言纷纷怒道："真是欺人太甚！铁拐李，多说无益，还是让这群人瞧瞧咱们的厉害吧！"

龙太子也是一点就着的脾气，他一把从腰间的剑鞘(qiào)里抽出宝剑，朝着周围的虾兵蟹将们吼道："没听到他们说的话吗？龙宫哪容得下这群宵小放肆，快给我把他们统统都抓起来！"

吕洞宾见龙太子带兵杀气腾腾地来袭（xí），连忙招呼众人掏出自己的法宝上前迎敌。龙太子虽然气势逼人，却根本不是吕洞宾的对手，在他手底下还没走过两招就败下阵来，正想脱身逃回龙宫，慌不择路间却被何仙姑的荷花一下扣在地上，好不狼狈。

龙王听说长子被七仙生擒，大吃一惊，忙令二太子继续出战。一时间，双方打得天昏地暗，日月无光，胜负难分。打了一会儿，二太子大概是有些累了，在对战中逐渐露了怯，可没料到那七仙是越战越勇，法宝舞得虎虎生风，战出了千军万马的气势，逼得龙宫将士们节节后退。一晃神，二太子竟被砍掉了一条手臂，他痛苦地大叫一声，连忙躲回了龙宫。

龙王见二太子断臂归来，龙宫之兵又死伤大半，更是急红了眼。他急忙传信请来其他三海龙王。四大龙王齐聚，齐声念出咒语，催动五湖四海之水汹涌汇聚。风起云涌之际，海底掀起滔天巨浪。吕洞宾挥动拂尘，试图分开浪头。韩湘子吹起玉箫，想用音波震退海水，但巨浪依旧一波接着一波，眼看众人就要支撑不住。

龙王们不依不饶的做派把仙人们惹恼了。铁拐李一边拿出背上的酒葫芦，一边不住地低声念着仙诀。只见那葫芦迎风便长，瞬间将海水倒吸而上。

就在龙王们和铁拐李斗法的时候，其余仙人们合力搬来泰山。只听“轰隆”一声巨响，泰山被仙人们推进了东海之中，一时间烟雾缭绕，飞沙走石。烟雾散开之后，只见大海变成了平地，四海龙王被压在了泰山之下无处可逃，心中暗暗叫苦。

这么大的动静惊动了南海观世音菩萨。她脚踏祥云而来，从玉净瓶中抽出柳枝，向各个方向轻点，和声说："诸位皆是修道之人，何苦为一时之气大动干戈？"大家这才冷静下来。八仙将泰山移回原处，龙王灰溜溜地放回了蓝采和。铁拐李又念了个咒语，让葫芦里的海水重新流回海中，重新荡起万顷碧波。八仙也为重创了两位龙太子向龙王赔礼道歉。

点拨

不光八仙过海的方式充满想象力，他们与龙王斗法的过程也同样天马行空，把中国传统民间故事的浪漫色彩体现得淋漓尽致。

不多时，海风再起，八仙拜别观世音菩萨，各自施展法力，在海面上乘风破浪而去。从此，"八仙过海，各显神通"的故事，就这样一代一代地传了下来。

聂隐娘

安史之乱后，各地节度使纷纷拥兵自立。他们看似听从唐王朝的命令，实则早已独揽地方大权，彼此明争暗斗不断。天下自此陷入割据混战，百姓苦不堪言。

彼时，魏博节度使帐下有一员大将，名叫聂锋，膝下有一小女，唤作隐娘。隐娘冰雪聪明，不仅能书善画，还展现出了极高的习武天赋。聂锋夫妇自然是将她视为掌上明珠，疼爱有加。

你知道吗

聂隐娘的传说，最早被收录在唐传奇里，是十分著名的武侠传说。

隐娘十岁那年，有一女尼来府上化缘。尼姑一见隐娘便心生喜爱，开口就要收她为徒。夫妻俩万般不愿，当即命人将尼姑轰出府门。尼姑顿时变了脸色，冷冷道："我心意已决，今晚就会把她带走。"话音刚落，人已不见了。

聂锋夫妇如临大敌，连忙将隐娘锁进铁柜，秘密看护起来。这一夜无风无雨，府中一片静谧（mì）。谁知，五更刚过，铁柜中已是空空如也，连一点儿线索也没留下。夫妻俩痛失爱女，日日以泪洗面，夜夜不得安眠。

五年时光转眼过去，一日，夫妻俩相携归家，经过中庭时，忽然发现有一青衣少女立于檐下，远远望着他们。少女身形瘦削，一张白面虽早已褪去了幼童的天真可爱，但只是一眼，夫妻俩就认出了隐娘。他们忙问女儿数年来的经历，生怕她在外吃苦受罪。

“只是日日念经，没有旁的。”隐娘语气淡淡，不愿多说。

聂锋久经沙场，一看隐娘目中精光内敛(liǎn)，暗藏一股凛然之气，犹如一把藏于匣中的绝世宝剑，就知她定是身怀武艺。再三询问之下，隐娘只好将自己的经历道来。

“师父将我带去了她的隐居之处，此后，我就日日在山中修炼，与猿猴攀岩，同虎豹搏斗。一年过去，我只觉得自己身轻如燕，能与猿猴在峭壁之上追逐打斗。第二年，力气渐长，即使是扑杀虎豹，我也能一击毙命。等到第三年，我已能凌云踏风，腾空一剑便能击杀鹰隼(sǔn)。再过两年，我先是在闹市之中杀一恶霸，又在官邸(dǐ)中取一贪官性命，来无影去无踪，竟无一人察觉。至此，学艺已成，我便拜别师父下山了。”

隐娘三言两语说完，可夫妻俩听了，心中却是悲凉万分。要练成这一身的本事，隐娘必定是吃尽了苦头。可面对杀人取首的血腥之事，隐娘却一副稀松平常的样子，这又令他们后背生寒，心生畏惧。昔日娇女已成冷血刺客，夫妻俩再也不能同女儿如幼时一般亲近。哪怕隐娘常常昼伏夜出，行踪不明，他们也不敢过问，竟是渐渐疏远，天伦不再。

多年后，聂锋去世，魏博节度使早就听说聂隐娘身怀绝技，便花重金雇佣她为自己效力。又过了些年，魏博节度使与陈许节度使刘昌裔(yì)因政见不合起了冲突。他一怒之下决定要斩草除根，便命隐娘前去刺杀刘昌裔。

但刘昌裔也不是个简单角色，他身怀异术，卜算推演从无错漏。隐娘还没出发,他就已经算出自己将遭大难，而化解这场危机的关键，正是聂隐娘。

刘昌裔不敢大意，早早安排小吏在城门等待。果然，不过半日，隐娘就骑着一头黑驴现身了。小吏连忙上前，言明刘大人已知她的来意，但有要事相商，还请隐娘到府上一叙。“这人死到临头，竟还敢请自己上门”，隐娘觉得有趣，便答应赴约。刘昌裔早已备好美酒，两人举杯共饮，相谈甚欢。

酒过三巡，刘昌裔忽向隐娘行了一礼，诚恳地说:“如今天下动乱，各地群雄并起，广纳贤才，都想做出一番事业，却令百姓苦不堪言。我刘昌裔不敢自称贤良，却有一颗忠心，只愿能效忠朝廷，安定天下，救黎民百姓于水火之中。还请聂女侠助我一臂之力！”

听他称自己这个刺客为女侠，隐娘也不禁动容。她忽然回想起出师前的最后一场刺杀。杀那贪官时，她本想直接动手，却见那人正在逗他的孩子。隐娘心中不忍，藏身梁上，等那小儿被人哄去睡觉后，才取走了贪官的性命。事后，师父责骂她：“优柔寡断！再有下次，先杀他所爱，再取他性命。身为刺客，你最不需要的就是仁慈！”

但隐娘不认同，她能随意取走恶人的命，却不应该当着孩子的面杀一位慈父。恶霸鱼肉乡里，杀他一人，能救一乡百姓；贪官横征暴敛，杀他一人，能救一州百姓。她杀人，从来都只是为了救更多的人。

隐娘本就心存善念，又被刘昌裔的才华和胸襟所折服，当即决定不再效忠残暴的魏博节度使，转投刘昌裔帐下。还不待刘昌裔高兴，她又严肃地说："一月过后，魏帅便会知道我叛逃，派人来取你我性命。他帐下还有精精儿、空空儿两名刺客，身手俱在我之上。我自当尽力保护大人，但也请您早做打算。"刘昌裔听了，竟是哈哈一笑，毫无惧色。

此后一月，府中夜夜烛火通明。一夜，刘昌裔正卧于榻上，昏昏欲睡。忽然，榻边的红白幡(fān)子无风自动，鼓

动交缠，最后竟绕着床榻旋转起来。窗外虹光一闪，顿时刀剑相击，铮(zhēng)然作响。几息过后，又是如水镜光闪过，从院中传来两声闷响。刘昌裔连忙张望，却只见隐娘立于檐下，院中并无别的人影。

“精精儿已被我斩下首级，用药化去了。”隐娘还剑入鞘，手中匕首转动，一眨眼便不见了，也不知她收到了哪里。她神情平静，嘱咐道：“后天夜里，空空儿必会造访。此人身法诡异，能藏身于虚空之中，妖鬼也难寻他的踪迹，我不及他。但空空儿生性骄傲，一击不得手便会放弃。到时，大人用于阗(tián)玉护住颈项，我便化身飞虫藏在您腹中，找寻时机。”刘昌裔依言准备，不敢轻忽。

是夜，刘昌裔将于阗玉围在颈上，闭眼假寐，却压抑不住越来越快的心跳。三更的梆(bāng)子刚刚敲响，他只觉得颈上一沉，便闻金石声响，于阗玉裂成数块！他在刀剑声中猛地睁眼，却只看见一道黑影闪出房内，隐娘正执剑护在他身侧。

“恭喜大人。”隐娘的语气依旧平淡，嘴角却有一丝笑意，“果然，一击不成，这人就遁(dùn)走了。”刘昌裔提起的心这才放下。他拿起碎玉一看，密密麻麻，全是匕首的痕迹。经此一事，刘昌裔对隐娘更加敬重，奉上优厚的俸禄，时时以礼相待。

数年后，刘昌裔调往京城。他有志做出一番事业，要辅佐朝廷安定天下，便邀请隐娘同他一起赴任，不想隐娘却拒绝了。“京城繁华，却是红尘纷扰，我已不愿再牵涉其中了。”隐娘行了一礼，郑重道别：“大人此去山高路远，还望珍重。”说完，她便骑着来时的黑驴，一身青衣，飘然远去。后来，刘昌裔去世，隐娘现身灵堂痛哭一场，还不待刘氏后人寻来，便又飘然而去。

此后，世上再无人见过隐娘。

民族故事

一幅壮锦（壮族）

很久很久以前，在大山脚下有一块宽阔的平地。因为这块土地比较贫瘠，居住的人不多，只有妲（dá）布和她三个已经成年的儿子。她的大儿子叫勒墨，二儿子叫勒堆厄（è），最小的那个叫勒惹。

妲布的丈夫很早就去世了，全靠她织壮锦的手艺才把三个儿子养大。她织的壮锦上面有花草鸟兽虫鱼，十分鲜活，很多人愿意买回家做被面、褥（rù）面、围裙等。

一天，妲布拿着刚织好的几幅壮锦到集市上去卖，没多久就全卖掉了。她拿着钱，盘算着能买多少米，不经意间看到一家店铺里摆着一幅她从未见过的画。那画上有高大的房屋，五彩斑斓（lán）的花园，广袤的田地，还有挂满果实的果园，丰收的菜园和鱼塘，还有成群结队的牛羊鸡鸭……她看了又看，忍不住想："要是能生活在这样的村庄里多好啊！"像入了迷一样，她用一部分买米的钱买下了这幅画。

这次回家她花了更长的时

点拨

妲布为何会如此入迷？因为画里的场景正是无数百姓心中想要的生活。如今我们已经实现了这样的愿望，更要珍惜当前的幸福生活！

间，因为她总是忍不住坐在路边细细欣赏这幅画。但是她又觉得时间过得飞快，似乎一转眼就到家了。还是那几间又破又小的茅草屋，让她从梦境回到现实。小儿子勒惹已经等了许久，看到她就高兴地跑过来，替她背起了那袋米。

到了屋里，大儿子勒墨皱起了眉头：“阿妈，这米的分量不对啊。”

“你们看看我买了什么好东西。”她迫不及待地把画和三个儿子分享。

同样地，三个儿子看到如此美丽的画，也很震撼。

妲布感叹道：“我们一家要是能住在这个村庄里该多好啊！”

勒墨还想着那少了的米，就撇嘴说：“阿妈，做梦比较快。”

勒堆厄也接着泼冷水：“阿妈，下辈子吧。”

妲布心里像堵了块石头，情绪十分低落。

勒惹赶紧安慰她说：“阿妈，你的锦织得好，那么鲜活。你可以把这幅画织在锦上，就像亲手打造了这个美丽的村庄。”

妲布想了想，点头说：“你说得对，我总得做些什么，不然我会闷死的。”

她真是太爱这幅画了，就像着了魔一样。她立刻去买了大量的五彩丝线，坐在织布机前，照着图画织起锦来。就这样织了一天又一天，一月又一月。

勒墨和勒堆厄有意见了，光靠他们砍柴换米吃，太辛苦了。勒惹也有些后悔自己的提议，不过他是担心阿妈这样每日每夜地织锦，身体会吃不消。可是一旦他们阻拦，妲布就像丢了魂、没了命一般。

勒惹只好扭头对大哥、二哥说："让阿妈织吧，你们的柴都由我来砍。"

就这样，妲布不分日夜地织锦，勒惹也不分日夜地上山砍柴来维持一家人的生活。

妲布晚上用燃烧的油松来照明，油松的烟很大，把她的眼睛熏(xūn)坏了，红红的布满血丝。就这样织了一年，妲布的眼泪滴在锦上，她就在眼泪上织起了清澈的小河和圆圆的鱼塘。到了第二年，妲布的眼睛被熏得流了血，不小心滴在锦上，她就在血上织起了红红的太阳和红艳的花朵。

就这样织呀织的，一连织了三年，她终于完成了这幅

你知道吗

壮锦是"中国四大名锦"中唯一的少数民族织锦，在壮语中意为"天纹之页"，足见壮锦的巧夺天工。2006年，壮锦被列入"第一批国家级非物质文化遗产名录"。

巨大的壮锦。

多美的壮锦呀！高大的房子，青砖碧瓦，红柱黄门。门前的大花园里开着浅红深红的各色花朵。花园围绕着鱼塘，鱼儿甩着金灿灿的尾巴。房子左边是一座挂满了红果的果园，果树上栖息着各种各样的飞鸟。右边是一座丰收的菜园,满是脆嫩的蔬菜瓜果。后面是草原一样大的草地，牛羊悠哉地吃草，鸡鸭快活地捉虫。远处的山脚下，有一片良田，满是金黄的稻谷。清凌凌的河水从村庄前流过，天上是红红的太阳。

勒墨他们被震撼得半天说不出话来，这壮锦比原来那幅画还要好看，就像真的一样！妲布伸了伸腰，擦着通红的眼睛，畅快且得意地笑了。勒墨和勒堆厄小声讨论着这幅壮锦的价值。

妲布生气道:“这是我的命根子，你们要还认我这个阿妈，就不许想着卖了它。”儿子们听话地点了点头。说时迟那时快，一阵大风吹进屋来，卷着壮锦飞出了屋子，朝着东方飞去，越飞越高，越飞越远，转眼间就消失了，妲布根本拦不下来。

望着壮锦飞走的方向，妲布昏倒在地。

她的三个儿子把妲布扶起来，抱到床上，又是掐人中，又是灌汤药。许久，妲布才悠悠转醒，她虚弱地对大儿子说:“勒墨，你去东方把壮锦找回来，它是阿妈的命根子啊！”

勒墨点点头，穿起草鞋，向东方走去，走了一个月，到了大山隘（ài）口。

狭窄的道路边有一间石头屋子，屋子边有一匹大石马。那石马的嘴巴是张着的，就像想吃身边杨梅树上的红果子一样。一位白发老奶奶坐在屋门口，看见勒墨要通过隘口就热心地问："孩子，你去哪里呀？"

勒墨说："我去东方寻一幅壮锦，大风把我阿妈织了三年的壮锦吹跑了。"

老奶奶说："原来是它啊。你阿妈那幅壮锦是被东方太阳山的一群仙女借去了，她们见你阿妈的壮锦织得好，要拿去做样子。你们不用着急，等个三年五载的，她们就会用风把壮锦送回来了。而且，到她们那里可不容易！你得先把牙齿敲落两颗，放进我这大石马的嘴巴里。大石马有了牙齿就能活动起来，吃到一直想吃的杨梅果。为了回报你，等它吃完十颗后，你才可以骑在它的背上，请它驮着你去太阳山。只是这途中还要经过燃烧着熊熊大火的发火山，石马不怕火烧，可你得咬牙忍耐，因为只要你喊一声痛，就会立刻被烧为火炭。越过发火山后是汪洋海，海里的风浪很大，还夹着冰块，你依然得咬牙忍耐，不能打冷战，因为只要打一个冷战，海浪就能把你掀翻，永埋海底。渡过汪洋海，就到了太阳山，你才能问仙女要回你阿妈的壮锦。"

勒墨听了老奶奶的话，仿佛感受到了牙齿掉落、烈火焚身、海浪冲击的痛苦，脸色越来越难看。

老奶奶望着他的脸，笑着劝道："孩子，你受不起这些苦难的，回家去吧。作为补偿，我送你一盒金子，够你们一家人好好生活的了。”

老奶奶从石屋里拿出一小铁盒金子，勒墨接过小铁盒就原路返回了。他走着走着，心想：“这盒金子要是分成四个人用，可用不了多久，倒不如我自己拿着去大城镇里过好日子。”心里打定了主意，勒墨把金子藏好，转身向一个大城镇走去了。

妲布十分虚弱，她已经病倒在床两个月了，可还是不见勒墨回来。她对二儿子哀求：“勒堆厄，你去东方，把壮锦和勒墨给寻回来啊！”

勒堆厄点点头，也是走了一个月，到了大山隘口。老奶奶依然坐在石屋门口，对他说了同样的话。勒堆厄也是变了脸色，老奶奶笑容不变，交给他一小铁盒的金子，让他拿回家去。他拿着小铁盒，心想大哥肯定是为了独占金子不肯回家，他干脆有样学样，也转身去了大城镇。

妲布又等了两个月，已经瘦得皮包骨了。她一想到丢失的儿子们和壮锦，就忍不住哭。可是她也不敢让小儿子出去了，这是她最后一个孩子了。悲痛欲绝之下，她的眼睛彻底哭瞎了。

小儿子勒惹忍不住对她说：“阿妈，让我去找大哥、二哥吧，我担心他们路上遇到了危险。还有壮锦，我也会寻回来的。”

妲布抓着小儿子的手，半晌才缓缓说道：“勒惹，你去吧！保护好自己，你放心，邻居们会照顾我的。”

勒惹穿起草鞋，毅然朝着东方大步走去。不过半个月，他就到了大山隘口，遇到了石屋前的老奶奶。

老奶奶说了同样的话，最后说：“孩子，你大哥、二哥都拿一小盒金子回去了。你也拿一盒回去吧！”

勒惹心知大哥、二哥是不会回来了，可是至少壮锦他要帮阿妈要回来。他推开老奶奶递过来的金子，坚定地说：“不，我要去拿回壮锦！”一直笑眯眯的老奶奶终于愣住了。

勒惹随即拾起一块石头，敲下自己的两颗牙齿，放在大石马嘴里。他等大石马活动起来，吃了十颗杨梅果后，立马跳上马背，抓住马鬃(zōng)毛，两腿一夹，石马仰起头长嘶一声，向东方跑去了。

石马载着勒惹跑了三天三夜，到了发火山。那火焰向人马扑过来，勒惹的皮肤发出滋滋的被烤熟的声音。他伏在马背上，咬紧牙根，没有发出任何声音，过了大约半天他们才越过了发火山，跳进汪洋海。海浪夹着大冰块打得他又冷又痛，他伏在马背上，咬紧牙根，没有打一个冷战，又是半天，他们才终于跑到了对岸。

那就是太阳山了，终年被温暖的太阳笼罩着。山顶有一座金碧辉煌的大宅，远远地就听到了女子的歌唱声和欢笑声。

勒惹两腿一夹，石马便听话地腾空跃起，一下子就跳到了大宅的门口。勒惹跳下马，走进门，看见里面一群美丽的仙女围在厅堂里织锦。他阿妈的壮锦被摆在中间当样子。

她们见勒惹闯进来，吓了一跳。勒惹解释了一通，仙女们都是一脸抱歉。一个仙女站出来说：“我们不能离开太阳山，遥望到你阿妈织的壮锦，那鲜活的生活我们真是太喜欢了。所以我们用风借来了壮锦，想着能照着样子织好，也算是有个念想。只是没想到你阿妈如此重视这幅壮锦，我们很抱歉。请你在这里休息一晚，我们今晚把最后一部分织好，明早你就能拿着这幅壮锦回家去了。”

勒惹想到回程还要经历的考验，必须养足精神才好通过，就点头同意了。吃了仙女拿给他的仙果，他靠着椅子呼呼睡着了。

仙女们也不去管他，挂起了夜明珠，就着明亮的珠光连夜织锦。一位红衣仙女最为手巧，比别的仙女速度都快。她织完后，对比着自己织的和妲布织的，叹了口气说：“妲布织得太完美了，那壮锦里就像有一个真实的世界，一个和太阳山完全不同的鲜活的世界。”但是她也知道壮锦得尽快还给妲布，思考了一下，她拿起丝线在妲布的壮锦上绣上自己的像。壮锦里她红色的衣裙和红艳的花朵彼此映衬着，红衣仙女忍不住笑了。

互动

猜测一下，此处会不会埋下线索呢？

勒惹一觉醒来已是深夜，仙女们都回房睡觉了。勒惹看到妲布的壮锦还摆在桌子上，心想："这太阳山虽然金碧辉煌，但是除了这群仙女和仙果，什么都没有，难怪她们喜欢阿妈织的壮锦。只是阿妈病在床上很久了，不能再拖了，我还是拿着壮锦连夜离开，也免得她们后悔。"

勒惹把壮锦折好放进里衣袋里，走出门骑上马背，石马就带着他在月光下飞驰着。依旧是咬紧牙根渡过了汪洋海，越过了发火山，很快又回到山脚下的隘口。

老奶奶站在石屋前，高兴地说："孩子，下马吧！"

勒惹跳下马来，老奶奶把马嘴里的牙取出安回勒惹的嘴里，石马又站在杨梅树边不动了。老奶奶又回屋拿出一双鹿皮鞋交给勒惹，说："孩子，你阿妈快不行了，这双鹿皮鞋能让你用最快的速度回去。"

勒惹谢过老奶奶，穿起鹿皮鞋，不过一抬脚，他就到了家。妲布有气无力地昏睡在床上。勒惹的眼泪瞬间涌出，他喊了一声"阿妈"，从里衣袋里拿出壮锦展开。一道耀眼的光彩照亮了整个屋子。妲布原本瞎掉的眼睛也被治好了，她一骨碌从床上爬起来轻柔地抚摸着自己日夜不停织了三年的壮锦。

妲布说："屋子里黑，我们拿到大门外，去太阳光下看吧。"勒惹点了点头。

他们母子二人走到屋外，把壮锦展铺在地上，一阵香风吹来，壮锦竟然慢慢地延伸开来，把这几里的土地都铺满了。原本又破又小的茅草屋变成了几间金碧辉煌的大房子，周围还出现了花园、果园、菜园、田地、牛羊，和壮锦上织的一模一样。

妲布和勒惹傻乎乎地站在大房子门前，一时间不敢相信。突然，妲布瞥见了红花中间的红衣姑娘，想着去问个究竟。

红衣姑娘收起惊讶的神色，缓缓说道:“我是太阳山的仙女，因为我太喜欢这幅壮锦了，就把自己绣在了上面。没想到竟然被它带了出来。”

妲布把仙女邀进屋里共同住下。后来，美丽的仙女被勤劳善良的勒惹打动，和他结成了夫妻，在这里过起了梦想般的幸福生活。再后来，妲布把附近的穷人都邀请进村庄里生活，来感谢这些邻居们曾经对自己的照顾。

许多年后，村庄里来了两个叫花子，他们就是勒墨和勒堆厄。他们去了大城镇后，老奶奶给的金子很快就用完了，他们除了砍柴别的什么都不会，只得靠乞讨过活。他们路过了这个美丽的村庄，看见阿妈和勒惹夫妻在花园里快乐地唱歌，想起曾经，实在没脸进去和亲人相认，拖着乞讨棍跑了。

刘三姐（壮族）

距离宜山城十多里外有一条下枧(jiǎn)河，河边有一个中枧村，村里住着一对姓刘的老夫妻，他们生养了一儿一女，一家人过着织布种田的平淡日子。直到有一天，刘妈妈坐在窗边梳头，窗外的果树上飞来了一只美丽的黄莺。黄莺梳理了一下羽毛，便朝着窗口唱歌：

妈啊妈，
窗下梳着白头发，
妈妈慈和妈妈好，
我来住在妈妈家。

点拨

这篇故事里出现了许多山歌和歌谣，朗朗上口，阅读的时候可以大声读出来，或者利用网络资源找来听一听，感受一下民歌的魅力。

刘妈妈被逗得乐不可支，她笑骂道：“我可生不出你这嘴甜的小黄莺。”说着，她把自己梳落的两根白头发朝着黄莺抛去。黄莺非但没被吓到，反而一口叼住白头发飞走了。当天晚上，刘妈妈睡得迷迷糊糊，仿佛看到白天的那只黄莺衔着两根白发，扑到自己的怀里。她尖叫着醒了过来。

十个月以后，年纪很大的刘妈妈居然又生下一个女孩，取名为“善花”。因为排行老三，大家也叫她“三姐”。

三姐刚学会说话，就会唱山歌了，十分聪明伶俐。

三姐年纪渐长，出落得愈发美丽，山歌也唱得愈发动听，那嗓音比黄莺还要甜美。刘三姐的名声越传越远，附近村子里的小伙子都跑来和她对歌。每次她去赶集或者去砍柴，身后总是跟着一串串小伙子，非要和她比个高下，最终小伙子们全部落败而归。

到了一年一度的宜山歌节，方圆几里的小伙子都来和刘三姐赛歌。他们一连唱了三天三夜，三姐的歌像下枧河的水一样滔滔不绝，唱得小伙子们只能甘拜下风。到了第三天晚上，刘三姐干脆爬上桂花树，对着周围的小伙子们唱道：

不会唱歌你莫来，不会撑船你莫开。
我是柳州白漂布，剪刀不利你莫裁。
各位弟兄散了吧，再学十年打转来。
小妹若还输给你，帮你三年打草鞋。

几百个小伙子面红耳赤，臊(sào)眉耷眼地离开了。只有一个小伙子仍旧站在桂花树下，痴痴地望着三姐的倩影。三姐跳下树来，见还有一人吓了一跳。她认出这是负责守着河边的磨坊碾(niǎn)米的李示田，便主动问道："示田哥，你为什么还不回去呢？"

李示田支支吾吾半晌，红着脸说："我、我想和你学唱歌。"

三姐想了想，便同意了，让李示田有空就来找她。

这时，刘家老两口去世了，大姐也嫁了人，家里只有兄妹两人相依为命，一同种地砍柴。李示田便经常来村里帮三姐家种地砍柴，也跟着她学唱山歌。刘二哥虽然不大满意李示田，但看他手勤脚快，对三姐也十分贴心，也就任由他们说笑歌唱。

好景不长，莫家村的大财主莫仁怀听闻了三姐的美名，便想纳她做小老婆。他请了个媒婆给三姐说亲，那媒婆为了赚钱，都快把莫仁怀吹出花来，三姐听着都快要气笑了。这媒婆和莫仁怀难道不知道他早就臭名远扬了吗？像莫仁怀这种专门欺负穷人、恨不得把天下的好东西都抢到自己手里的坏人，刘三姐不仅要跟着大家一起骂他"莫人坏"，还要狠狠地羞辱他一番。

只见刘三姐冲着媒婆呸了一声，唱歌骂道：

我不爱坏人不爱财，
你瞎起眼睛乱跑来。

一抓稻车四块板，
叫你坏人狗洞埋。

媒人脸色铁青，骂了句“真不识好歹”，眼看着刘三姐还要再唱，她慌慌张张地跑了。回到“人坏”那里，媒人添油加醋地说刘三姐的坏话，就盼着“人坏”能替她出这口恶气。“人坏”这种小心眼的人也确实因此恨上了刘三姐。他四处寻访擅长唱歌的人，要把刘三姐最得意的本事给比下去。他终于找到了广东来的三个水客，也就是靠船运输贩货的商人，据说他们来的时候载着一船歌书，那真是顶会唱歌的人了。“人坏”亲自跑到船上，对水客们说：“你们若能够唱输刘三姐，我送你们半船银子。”

三个水客眼睛都直了，半船银子，够花一辈子了！不过忌惮(dàn)着刘三姐唱歌的名头，他们不敢贸然上门挑战，拼命练了三个月的歌，才撑着船来到下枧河边，恰好遇到在河边的青石上洗衣服的三姐。

水客不认识刘三姐，便客气地说：“姑娘，刘三姐家在哪里？”

三姐见是三个陌生人，警惕地说：“你们来找她做什么？”

水客说：“我们来找她赛歌！”

三姐眼珠滴溜一转，笑着说道：“哦，她不在家，我是她的妹妹。你们既然是来赛歌的，先胜了我再说。你们姓什么啊？”

水客说：“我们分别姓陶、李和竹。”

三姐当即应声唱道：

桃树园里桃花谢，李树林中李花落。
毛竹烂在深沟底，你们嘴笨难唱歌。

她看了看那一船子歌书，接着唱道：

你歌不比我歌多，我有十万八千箩。
去年柳州涨大水，歌书拦断九条河。

她的歌声是那么嘹亮脆甜，张扬着活力和自信。那山上的鸟，水里的鱼都冒了出来，痴痴地动也不动，被她的歌声陶醉了。正所谓“行家一出手，就知有没有”，三个水客听她唱了两段，就知道比不过，只能慌里慌张地撑船离开了。

刘三姐接着洗自己的衣服，洗完之后才笑眯眯地回家。“人坏”听说三个水客落荒而逃，气得跳脚，只能找别的办法来害刘三姐。后来还真被他找到了把柄。原来李示田跟着刘三姐学唱歌出了师，两人经常在月明之夜坐在下枧河边的石头上唱歌。他们的脚赤裸着浸在水里，晃出了一圈圈波纹。他们一直唱到月亮落山才尽兴而归。

“人坏”知道后立刻气势汹汹地来找刘二哥，说：“你这妹妹大半夜和男人对唱情歌，败坏门风，败坏村风！十里八乡的脸都被她丢尽了，你要是不管管，我就不客气了！”

刘二哥当即对刘三姐下了禁令，不许她晚上出去唱歌。刘三姐表面应是，可是等二哥睡了后，她还是会偷偷跑出去唱歌。后来二哥把自己的床挪到大门口，晚上睡觉也守着，他没想到三姐还能从窗户翻出去。

二哥实在没办法，只能找到“人坏”，讨好地说：“我这妹子自小就不受拘束，我是管不了了。我替她给你赔不是，放过我们一家吧。”

“人坏”哼了一声，随便在河边捡起一块鹅卵石，说：“你告诉三姐，除非她用手当锅，把石头烧软了，我才算了。不然，她就等着当我的小老婆吧！”

二哥想到“人坏”的势力，愁眉苦脸地拿着石头回去，把事情说给三姐听。他也不想妹妹嫁给“人坏”，可是他们哪里敌得过对方呢？

三姐拿着石头，翻来覆去看了一遍，就唱起歌来：

> 他发癫（diān），
> 他给石头我来煎。
> 手心石头煎得软，
> 他变石头我成仙。

唱完，她把石头放在手心，把手伸到柴火上，不一会儿，石头软成了糯米粑（bā）粑的样子。二哥喜出望外，赶忙把软趴趴的石头捧给“人坏”看。“人坏”一看，倒吸一口凉气，直接把石头丢到下枧河里，那石头就成了下枧河中心的龙珠石。

跟在二哥身后的三姐站了出来，在下枧河边唱起歌来：

我是下枧积古山，
谁人敢开积古岩。
斧头打来斧头烂，
凿子凿来凿子弯。

“人坏”气得跳脚，却无可奈何。

一日，刘三姐到下枧河边的积古山砍柴，看见李示田在对岸砍竹子。他们好几天没有见面，三姐唱歌的兴头来了，把扁担插在岩石缝里，攀着山崖边葡萄藤坐了下来，像荡秋千一样一摇一摆地和李示田隔河对唱起山歌来：

一面唱歌一面摇，
葡萄藤上好逍遥。
你一首来我一首，
气得“人坏”颈生疱(pào)。

“人坏”这段时间啥也不干了，专门跟着刘三姐，就为了报复她。眼见这种情况，刘三姐还唱歌诅咒他，他瞬间怒火中烧，寻到刘三姐藏起来的柴刀，悄悄爬到山岩边，把刘三姐攀着的葡萄藤根几刀砍断。然后神奇的事情发生了，刘三姐抓紧葡萄藤摇荡一下，藤子又连接起来。“人坏”连着砍断三次，都没有成功，他自己倒是累得气喘吁吁。

三姐依旧在藤上摇摇摆摆，唱起了歌来：

一面唱歌一面摇，
葡萄藤上好逍遥。
柴刀难断葡萄藤，
大水难冲喜鹊桥。

“人坏”只能恨恨地离开，另找下手的机会。第二天，刘三姐再次攀上了葡萄藤，和对岸的李示田唱歌。“人坏”拿着准备好的斧头和铜脸盆来到山岩上。他一斧下去砍断了葡萄藤，立即把脸盆盖在断藤根上，刘三姐再三摇荡也接不起来了。

“哗啦”一声，刘三姐和断掉的藤掉到了河里。那时正是涨水期，浪涛汹涌，刘三姐瞬间就冲走了，李示田根本就来不及救她。冲了三天三夜，刘三姐被冲到柳州城外的柳江河里，没有受一丁点儿伤。她从水里爬起，化装成一个乞丐婆，穿得破破烂烂的，脸上涂上黑泥，撑起拐杖回到下枧河来，正好看到准备渡船的“人坏”。

刘三姐压低了嗓音对“人坏”说：“大老爷，我看到刘三姐在下枧后山的岩洞那里唱歌呢，你快去看！”

“人坏”听到刘三姐没死，吃惊地说：“老乞婆，她在哪个洞口？你快快带我去，事后我少不了你的好处。”

三姐连连点头，领着“人坏”爬过石岩，来到了下枧后山的一个岩洞口。她指着里面说：“三姐就在这个洞里，你快进去！”

“人坏”急忙进去，没想到他刚一进洞，刘三姐就用拐杖在岩洞口用力一敲，岩口的大石块就掉了下来，把洞口给堵上了。“人坏”被压洞石下，只剩一只脚露在外面，也变成了石头。

三姐让坏人得到了报应，便跑到了李示田家，拉着他往外面走。他俩一路走到了柳州城外，那个曾经刘三姐被大水冲到的地方。两人就站在立鱼峰上对唱起歌来，刘三姐美妙的歌声吸引了柳州城里城外的人。成千上万的人聚集在山脚下，痴痴地听着，舍不得离开。

刘三姐和李示田一连唱了三天三夜，就瞬间不见了。柳州人为了纪念刘三姐，就把她的像刻在立鱼峰的鲤鱼岩上。

消失的刘三姐和李示田其实又来到了桂林城外的七星岩，这次他们唱了七天七夜，引得桂林城的人都围在他们身边。七天后，人们发现他们二人不见了，只剩下一对黄莺飞上了天。

灯花（苗族）

从前,有个叫都林的单身汉。他没有父母兄弟的帮衬，独自在一片陡山坡上开垦出梯田种稻谷，谁见了都要夸一句“小伙子勤快”。

这一天，他照常在地里忙活，太阳火辣辣，豆大的汗珠滚落到地里，把那片土地都润湿了。然而这次一部分汗珠没有和土地融为一体，而是滚进了一个石窝窝。没过多久，石窝窝里就长出了一株百合花，它有着柔软嫩绿的叶梗和白玉一样的喇叭花，在阳光下闪烁着金色光芒。一阵清风袭来,百合花便会摇曳着发出“咿咿呀呀”的歌声。

都林倚着锄头，傻乎乎地说:“真奇怪，石头上能长百合花，百合花还会唱歌。”然而他并不在意这些，还是专心伺候自己的梯田。只要是他在干活的时候，百合花就会在石窝窝里唱歌，就像是给他加油打气一样。都林越干越起劲，百合花的歌声也越来越动听。直到某天早上，都林到山上却看到百合花被野兽碰倒了。

都林急切地扶起百合花，说:“小百合，这山上野猪多，我带你回家吧！”说罢，他小心地把百合花捧起来，带回家中，种在舂（chōng）米用的石臼（jiù）里。他还特地把石臼放在房里窗子的下面，这样百合花就能晒到喜欢的太阳了。

都林没有父母兄弟，可是现在，他一点儿都不羡慕别人了，因为他有了百合花的陪伴。晚上，他在家里也不闲着，点上茶油灯，开始编起了竹箩筐(kuāng)。他鼻子闻着百合花香，耳朵听着百合花的歌声，脸上满是幸福的笑容。

又到了一年一度的中秋节，这个阖(hé)家团圆的日子，都林却依旧是一个人，显得格外孤独。窗外是圆圆的月亮，窗内是温暖的灯火，都林编竹箩筐的手停了一下，叹了口气，落寞地说："小百合，还好有你陪着我。"

说话间，灯芯间开了一朵大红花，红花里面有个穿白衣裙的美丽姑娘在唱歌：

百合花开的呀芬芳香，
灯花开的呀红堂堂。
后生家深夜赶工呀，
灯花里来了个白姑娘。

灯花忽地闪烁了一下，姑娘便从灯花里跳下来，最后变成了和人一样的大小，笑眯眯地站在都林的身边。这时，窗下的百合花不见了。都林痴痴地看着白裙子姑娘，对方拉起了他的手说："以后有我陪着你，我们就是一个家。"

整本书阅读

百合花变为一个姑娘，这样的故事情节是不是有些熟悉呢？仔细对比两个故事，你觉得有哪些异同呢？

他们二人结成了夫妻，白天一起欢欢喜喜地上山种田，晚上欢欢喜喜地在灯光下，一个编竹箩筐，一个绣花。到了赶集的日子，都林便将粮食、竹箩筐、绣花手帕拿去卖，然后买回许多东西。两人的日子过得清苦却甜蜜。

两年后，都林的茅草屋变成了砖瓦房，谷仓里堆满了粮食，栏里的牛羊成群。可是有钱的都林却变了，他满足于这样的生活，不肯再下地种田和编竹箩筐。他开始拎着鸟笼到处闲晃。姑娘让他去集上卖粮食和手帕，然后用来买锄头、镰刀和丝线，可他却买了酒肉回来大吃大喝。为了逃避干活，他整日里不是说自己脚痛就是眼痛。

姑娘苦口婆心地劝道："我们现在的生活是勤劳换来的，不能光坐吃山空，还得继续努力呀！"结果都林哼了一声，把被子往脑袋上一蒙，呼呼大睡了，姑娘只能无可奈何地叹了口气，绣自己的花去了。

直到一天晚上，姑娘一人在灯下绣花。忽然，灯芯又开出一朵大红花，一只五彩孔雀在灯花里展开美丽的尾巴唱歌：

百合花开的呀芬芳香，
灯花开的呀红堂堂。
后生家呀成了懒家伙，
姑娘随我呀到天上。

灯花忽然闪烁了一下，孔雀从灯花里跳出来，钻到姑娘的胯(kuà)下，把她驮起来飞向窗外。都林忙从床上爬起来，追到窗口，只抓住了一根孔雀尾羽，眼睁睁地看着孔雀驮着姑娘越飞越高，飞进月亮里去了，那是都林永远不可能到的地方。

都林失魂落魄地看着空荡荡的屋子，他开始变本加厉地懒惰起来。后来，粮食卖光了，牛羊卖光了，衣服卖光了，都林把床上仅有的一张席子也要揭起来卖掉。结果他看到席子下面摆着两幅花绣：一幅绣着都林和姑娘白天在梯田里兴高采烈地收割稻谷，那稻谷长满了山岭，像闪耀的金子；另一幅绣着都林和姑娘晚上在灯下的场景，一个编竹箩筐，一个绣花，多么甜蜜。

都林看着看着，声音沙哑地说："你为什么不回来骂醒我？你不是最讨厌我好吃懒做吗？你快回来呀，我想你了。"说着，他滚烫的泪水如泉水般涌了出来，全部落在了花绣上。他赶忙用粗糙(cāo)的大手把泪水擦干净。花绣上姑娘的笑容还是那么温柔，那一刻，都林醒悟了，他不知道姑娘还能不能回来，什么时候回来，可是他希望，只要姑娘回来，看到的就是一个改过自新的都林。

他把花绣妥帖地放好，咬着牙，把鸟笼打开，让画眉鸟飞出去，然后把鸟笼踩碎，丢进灶里当柴火，当即就扛着锄头上山挖地了。从那以后，都林又恢复了原本的生活，白天在梯田里种地，晚上在灯光下编竹箩筐。不，他甚至比以前更勤快了，就像是忏悔与赎罪一般，没日没夜地干着。

一天，他打扫家里的时候，在窗下找到了一根孔雀尾羽，正是他曾经抓住的那根。想起被孔雀带走的姑娘，再看看窗下舂米的石臼里消失的百合花，他忍不住抹起泪来。带着眼泪的孔雀尾羽被他丢在了石臼里，过了几日，竟然变成了一朵会唱歌的百合花。都林痛苦的心里生出了一丝希望，这多像姑娘来之前的情形啊。

到了中秋节的晚上，皎洁的月光洒满屋子，茶油灯摇曳着红色的火焰。都林专心致志地在灯光下编竹箩筐，这时，灯芯开了一朵大红花，那个美丽的白裙子姑娘唱着歌从灯花里跳了下来，温柔地笑着，站在了都林的身边，窗下的百合花又不见了。

姑娘轻轻地说："我回来了。"

都林抱住了她，哽咽地回道："你终于回来了。"

从此以后，夫妻二人白天上山种地，晚上在灯下编竹箩筐、绣花，过上了幸福美满的生活……

龙牙颗颗钉满天（苗族）

很久很久以前，苗寨(zhài)里住着一对老夫妻，他们头发都花白了，脸上爬满了皱纹，还是没有一男半女。每次看到寨子里乱跑的小娃娃们，他们都只能对望着叹口气，他们多想有个可爱的小娃娃啊！

结果有一天，老两口在山坡上开垦梯田的时候，老爹爹边挥舞着锄头边想着娃娃，他偷偷抹了把眼泪，哭着说："这日子过得没一点儿盼头，又没孩子要养，我们老两口忙活什么劲儿。"这些话同样触动了老奶奶的心，她把锄头一撂，一屁股坐在地上，捂着脸哭起来。

正当他们抱头痛哭的时候，忽然，山顶上轰隆隆滚下一块大圆石头。石头滚到他们家的梯田里，"砰"的一声裂开了。一团白棉花在石头中间晃来晃去，还发出"哇哇"的声音。二老对视，脑海里瞬间闪过了许多念头，这声音多像一个健康的小娃娃发出的！他们一点儿也不害怕这奇怪的石头，反而小心地过去把棉花撕开，里面竟然是一个白胖的男娃娃。瞧，他的小手小脚挥舞得

点拨

日本著名的神话传说《桃太郎》也是相似的情节，不妨找来读一读，对比一下不同民族之间的故事。

多有力呀！

“娃娃！娃娃！”老爹爹已经惊喜地说不出别的话来了。

老奶奶拍开老爹爹粗糙的手，轻柔地把娃娃抱起来，笑得合不拢嘴，她嫌弃道：“你小声点儿，别把老天送我们的娃娃给吓到了。”老爹爹也不气，冲着小娃娃呵呵直笑。老两口连地也不种了，赶忙把娃娃抱回家喂上容易消化的米汤，给他准备最柔软的布料做衣服。自此之后，他们干劲儿可足了，一点儿不比年轻人差。在二老的笑声中，孩子越长越大，那叫个臂粗腿壮、头圆胸宽。

老爹爹惊叹连连，他觉得自己儿子哪哪都好，身体也这么结实，将来肯定是大英雄，他就给孩子取名为“桑”，苗语里指力气大、打仗勇敢的英雄。桑也没有辜负阿爸阿妈对他的期许，长成了个健壮的小伙儿，上山能打猎，下地能种田。他们一家的日子是越过越红火了。

那时候，南山洞里和北海里各居住着一条大乌龙，它们本是一对亲兄弟。有一天，北海里的乌龙哥哥飞到南山看望乌龙弟弟。乌龙弟弟住的洞口长着一株大蜜桃树，现在结出了九个饱满香甜的大蜜桃，兄弟俩馋得直流口水，商量着把它们分了吃。

可是大蜜桃只有九个，没办法对半分。乌龙弟弟抢先说："蜜桃种在我的洞口，我应该吃五个。"乌龙哥哥反驳道："我是哥哥，你是弟弟，我年纪大胃口大，我才该吃五个。"兄弟俩争着争着竟然厮打起来，它们从南山打到北海，又从北海打到南山，闹得山崩地裂，海浪翻卷。最后，它们又从地上打到空中，两个龙头向上一碰，天和它们的脑袋都碰出个大口子。它们受了重伤，再也打不下去了，兄弟俩都回到了自己的住处，闭上眼皮休养去了。

它们闯的祸可不得了，自从天破了个大口子，正好在口子下面居住的寨子可遭了殃。时而大雨像瀑布一样倾泻而下，时而冰雹像石块一样砸下来。地上的树木被砸断，房屋塌了，牲畜死了，人们只能瑟缩地在山洞里躲避冰雹。可是天那么冷，又没有食物，一些老弱病残已经躺在地上不能动了，山洞里只回荡着呜呜的哭声。

桑哥哥看见这种情形，心里十分痛苦。他对年迈的父母说："我要去找办法把天上的裂缝钉补起来！"

点拨

还记得"女娲补天"的神话故事吗？一起来看看在苗族故事里是怎样补天的吧。

老爹爹见桑哥哥一脸坚定，便说了一个办法：“很多年前，我听说距离寨子很远很远的地方有一座赖弄山，半山腰的石壁上横着长出来一株大樟树。树上有个大鸟窠[1]，窠里住着一个绿胡老，天底下没有他不知道的事情，你去求求他想办法吧！不过那个石壁很光滑，你爬不上，只有等绿胡老每天早上起来梳胡子的时候，你揪着他长长的绿胡子才能爬上去。”

桑哥哥说：“好，为了大家，我一定要找到绿胡老。可是，我走了以后，你们……”

老爹爹拍拍儿子的肩膀说：“你不用操心我们两个，寨子里的小伙子会照顾我们的。”老奶奶也帮他紧了紧衣服，说：“一路平安，去吧，孩子！”

桑哥哥带着大家的希望出发了，他把所有的食物都留给了父母，自己冒着大雨、冒着风雪，踏上了征程。一路上饿了吃树叶，渴了喝泉水，夜以继日地前行，渡过了九十九条河，翻过了九十九座山，终于在一天下午，他到达了赖弄山。

那山果然如老爹爹所说十分光滑，桑哥哥瞅了瞅横着的大樟树，那个大鸟窠非常安静，也不知道上面有没有人。他干脆躺在山脚的草地上睡了一夜，直到第二天早上，鸟窠里传出悠扬的歌声：

绿胡老人呐住鸟窠，

①窠：巢的意思。

鸟窠里面呐名堂多，
手拿梳子呐梳胡子，
长长的胡子呐往下拖。

不一会儿，绿色的胡子就像一大束长藤，从鸟窠中垂了下来。桑哥哥赶忙一跃而起揪住胡子往上爬。爬到一半的时候，绿胡老在鸟窠里伸出头来说话了：“孩子，不要上来了，鸟窠太高，摔下去可不是好玩的。你想要什么东西就直说吧！”

桑哥哥停下了手脚，说：“天裂了，大雨大雪不断冲下来，大家都受了灾难，活不下去了啊！我求你教我钉补天缝的方法。”

绿胡老手里攥(zuàn)着一把梳子，思考了一下回答道：“乌溜山山顶上住着老熊王，它有三个女儿，都会钉补天缝。你去求老熊王把其中一个女儿嫁给你当老婆，你就可以把她带走了。老熊王若是不答应，你就穿起我这双绿草鞋，在山脚下用力跺，他就会同意了。孩子，去吧！”说完，一双绿草鞋从鸟窠里抛出落到了地上。

桑哥哥回到地上，穿好绿草鞋，一路跑到乌溜山，大地都在随着他的步子颤抖。乌溜山虽说是山，但它更像是高高的大石柱，山顶云雾缭绕，隐约可见一座大房子，那便是老熊王的家了。可这山滑不留手，桑哥哥根本爬不上去，只能一面跺脚一面呼喊：

绿草鞋呀脚上穿，

乌溜山下呀跺跺跺。
山上老熊王呀竖起耳朵听，
我要你的女儿做老婆！

整座乌溜山都震了起来，老熊王在山顶哀嚎连连，忙让桑哥哥停下。不一会儿，山顶就垂下一根长长的绿藤，绿藤的尖端开着一朵大红花。最终红花缓缓垂到桑哥哥面前，让人看到了花里面的人。那是一个穿着绿裙子，围着绿头巾，抱着鹿娃娃，坐在一只绿野鹿背上的姑娘。

姑娘冷着脸说："我是老熊王的大女儿，叫绿姑娘，只要你不再跺脚，我愿意嫁给你。"

桑哥哥问："姑娘，我其实是为了请你去钉补天缝，求你救救大家！"

绿姑娘抬头望望天空，不高兴地说："我嫁给你不是要跟你吃苦的，我不喜欢钉补天缝，我只想每天吃吃喝喝唱唱歌。"

桑哥哥失望地摇了摇头："你回去吧！换个姑娘下来。"说罢，他用手托住花朵，向上一掀，姑娘就回到山顶上了。桑哥哥等啊等啊，许久也不见别的姑娘下来，哪怕他再次跺脚，老熊王也因为习惯了这震动，不再理睬桑哥哥。

桑哥哥跺了很久，山顶还是没有任何反应，他只得又回去赖弄山找绿胡老。他在山脚歇了一宿，第二天一早他再次抓着绿胡子爬上去。爬到一半，绿胡老伸头出来说：“孩子，怎么啦？”

桑哥哥把事情的经过说了一遍。绿胡老这次抛下一副青手套，说：“你戴着手套去推乌溜山，问老熊王要另一个女儿。孩子，去吧！”

桑哥哥松手滑下来，戴上手套，再次跑去乌溜山。他走到山脚下，一面用手推着乌溜山一面呼喊：

手上戴着呀青手套一双，
手推乌溜山呀响啷啷。
山上老熊王呀竖起耳朵听，
我要你另一女儿做婆娘！

乌溜山随着桑哥哥的手一摇一摆，山顶上的老熊王都被摇晕了，他赶忙出声制止了桑哥哥，把第二个女儿送下来。这次垂下来一根青藤，花朵里坐着一个穿着青裙子，围着青头巾，抱着牛娃娃，坐在一头青牛背上的姑娘。

姑娘脸色铁青，说：“我是老熊王的二女儿，叫青姑娘，我可以嫁给你。”

桑哥哥依旧问了关于钉补天缝的问题。可是青姑娘和她的大姐一样，不喜欢辛苦的活，只想每天吃吃喝喝唱唱歌。桑哥哥无奈，只能把她也送回了山顶，只盼着能换下来一个勤快的姑娘。只是老熊王再次习惯了这种摇晃，不再理睬他了。

他垂头丧气去重新去找绿胡老。这一次，绿胡老扔给他一顶白羊毛帽，说：“戴上这顶白羊毛帽，用头去撞乌溜山，他还有一个女儿。孩子，去吧！”

桑哥哥松手滑下来，戴起白羊毛帽，又回到了乌溜山。他一面用头碰山，一面呼喊：

白羊毛帽呀戴头上，
头碰乌溜山呀响当当。
山上老熊王呀竖起耳朵听，
我要你另一个女儿做婆娘。

这次整个乌溜山都有种快要倒塌的感觉，老熊王赶忙把最后一个女儿送下来。山顶垂下一根长长的白藤，白藤的红花慢慢垂到桑哥哥面前。桑哥哥的心越跳越快，那是他和大家最后的希望了，若是这位姑娘也不愿意钉补天缝可该怎么办啊？不过想到无所不知的绿胡老，要是这个姑娘还不行，桑哥哥就打算再去找绿胡老想别的办法，做

好了打算后，桑哥哥的心静了下来。

花朵里的姑娘美丽又和善，挂着亲切的笑容。她穿着白羊毛衣服，围着白羊毛头巾，抱着一只小白羊羔，坐在一只白绵羊背上。

姑娘笑眯眯地说：“桑哥哥你好，我是老熊王的三女儿，叫白姑娘，我可以嫁给你，只要你不再为难我父王。”

桑哥哥说：“姑娘，你嫁不嫁我不重要，只要你愿意救救大家，把天缝钉补起来，你就是我们的大恩人。”

白姑娘望望天空，点了点头：“这个我会，我愿意陪你去钉补天缝！”桑哥哥喜出望外，走上前把白姑娘扶了下来，那白藤和红花一下子就飞回山顶了。

白姑娘接着说：“想要钉补天缝，我们还差两样东西，龙牙钉和龙角锤。”

桑哥哥忙说：“这东西要去哪里找？我去寻来！”

白姑娘说：“这天之所以破了，是因为南山洞里的乌龙和北海里的乌龙打架，现在它们在各自的住处养伤。为了惩罚它们，你就去向它们索要龙牙钉和龙角锤。我这里有一个羊皮袋和一把金钳，你拿去用，我就在这山脚下的岩洞里等你。”

桑哥哥接过羊皮袋和金钳，整理好身上的装备，一顶白羊毛帽，一副青手套，一双绿草鞋。他走了四十九天，终于到了南山洞口。他高声喊道：

脚穿草鞋呐在洞口跺一跺，
手戴手套呐在洞门敲一敲，
头戴羊毛帽呐向岩石碰一碰，
老乌龙呐快快伸头出山腰！

随着他的脚、手、头齐用，整座山都摇摆震动起来，眼看就要崩塌了。一条大乌龙虚弱地伸出一个破了的龙脑袋。

桑哥哥斥责道："老乌龙，你们闯了大祸，把天碰裂了。现在给你一个将功补过的机会，我需要你的牙齿做钉子来钉补天缝，你且把嘴张开。"他见乌龙没有反应，怒道，"我这一拳头下去，你的龙头就别想要了，你的脑袋比山还要硬吗？！"

乌龙回想起刚刚地动山摇的情形，只能无奈地张开了嘴巴，任由桑哥哥用金钳把它莹白发光的龙牙给一颗颗钳出来放进羊皮袋。

钳完了，桑哥哥拍了拍龙头说："以后乖乖地待在洞里，不许出来打架了啊！"

乌龙委屈地点点头，瘪(biě)着嘴巴缩回洞里去了。

桑哥哥背起羊皮袋子，又走了四十九天到了北海边，他大声喊着：

脚穿草鞋呐在海边跺一跺，
手戴手套呐把浪潮掀一掀，
头戴皮帽呐向浪头碰一碰，

老乌龙呐快伸头出海边！

桑哥哥把北海搅个不得安宁，海浪翻涌，形成一个个漩涡。不一会儿，一条大乌龙从海底钻了出来。桑哥哥说了同样的话，希望老乌龙贡献出自己的龙角。乌龙虽然不愿意，可是它更怕桑哥哥的法宝，只能无奈地把龙头搁在海岸边。桑哥哥用金钳将龙角钳住，用力一拔，拔出来放进羊皮袋里。安慰了一下老乌龙，并嘱咐它不许再打架，桑哥哥就背着沉甸甸的羊皮袋，回到了乌溜山。

白姑娘在乌溜山脚也没有闲着，她把大绵羊喂得肥嘟嘟，小羊羔也被养大了。她剪下两只绵羊的羊毛织出两件雪白的大氅(chǎng)。看见桑哥哥平安归来，白姑娘笑出了两个甜甜的酒窝。

白姑娘说："桑哥哥，我们披上羊毛大氅，一人坐一匹绵羊，去天上钉补天缝吧。"

桑哥哥点了点头。

白姑娘接着说："我来背羊皮袋子，龙牙装进这袋子便永远取用不完。你来拿这龙角锤，只要是有裂缝的地方，我来安龙牙，你用龙角锤使劲儿锤。乌龙的脑袋把天给撞破了，到处都有小裂口，我们干脆就在天上四处巡游，只要遇到天缝就把它钉补起来。只是这生活

点拨

"在天上巡游钉补"，像童话一样，多么瑰丽的想象力。

会很辛苦，日晒雨淋，狂风暴雪，你怕不怕？”

桑哥哥憨厚地笑了：“为了大家的幸福，我愿意，我们走吧！”

于是白姑娘和桑哥哥骑上绵羊，绵羊“咩咩”叫了两声，就生出了一双雪白的翅膀，朝天上飞去了。他们先找到最大的一个裂缝，冰冷的大雪、坚硬的冰雹从缝里冲出来，把他们的脸都砸得生疼。绵羊的翅膀也受伤了，载着他们掉到了地上。

暴雪纷飞，桑哥哥和白姑娘赶忙用羊毛大氅蒙住头，吃力地拖着受伤的绵羊躲进一个山洞里。二人看着对方被砸得鼻青脸肿的样子，扑哧一声笑了出来。

许久，桑哥哥望着白姑娘，沉声道：“是我让你受苦了。”他还记得白姑娘曾经是个多么娇俏的姑娘啊！

白姑娘摇了摇头：“我喜欢帮助大家，我很开心。而且我也是没想到天缝里的冰雪这么厉害。”说着，她把手伸进羊皮袋拿出一个葫芦，这里面装着药水，一涂上，两人两羊的伤就全好了。接着白姑娘、桑哥哥和两只羊，各喝了一口葫芦里的药水，全身都火热起来。

白姑娘笑眯眯地说：“现在，冰雪一靠近我们就会融化，我们可以上天去补缝了！”

二人再次尝试骑着白羊飞上了天，冰雪无法伤害他们。白姑娘解下自己的白羊毛头巾。只见那头巾迎风越变越大，正好把天缝给封住了。然后，他们用龙牙作钉，用龙角作锤，一锤一钉，龙牙钉满了大白布，大裂缝被钉补好了。

山洞里的人纷纷跑了出来，载歌载舞，欢庆着灾难的结束。老爹爹和老奶奶知道是自己的儿子把天缝补好了，老两口望着天空，笑着流出了眼泪，说："我们的孩子是个英雄啊！"地上的欢呼声一直传到了天上，桑哥哥和白姑娘听到后也跟着欢唱起来。

白姑娘和桑哥哥的事迹一直在大地上流传，天上那块又长又白的东西曾经是白姑娘的包头巾，人们后来叫它银河。那闪闪发光的是莹白的龙牙钉，人们叫它星星。那满天的星星，便是桑哥哥和白姑娘在天上四处巡游后钉补小裂缝后留下的龙牙钉。他们穿着羊皮大氅，坐着白绵羊，像云朵一样，我们哪里还能看到他们的踪影？只能听到人们欢乐悠扬的歌声：

好心的桑哥哥和白姑娘，
两人在天空都骑着飞羊。
白姑娘背个羊皮袋装的龙牙齿，
桑哥哥手拿龙角锤放出光芒。
乌龙把天碰起了裂缝缝呀，
白姑娘把包头巾铺满缝缝间，
桑哥哥手挥龙角下劲锤呀，
龙牙颗颗呐钉满天。

长发妹（侗族）

在陡高山的山腰上，有一道长长的瀑布，就像有一个女人横躺在山崖上，把她那又长又白的头发垂了下来，因此这道瀑布被叫作白发水。

谁也想不到，在很久以前，陡高山还是个严重缺水的地方。那时候，在陡高山的附近有个小村子，人们生活和种田都要靠雨水。不下雨的时候，大家就要跑到七里外的小河边挑水，十分不易。

村子里有个长发拖地的姑娘，她的头发乌黑油亮，平时头发盘在头顶上，盘不完的还能绕在脖子上、肩膀上，因此大家都叫她长发妹。长发妹家里只剩下一个常年卧病在床的阿妈，为了养活自己和阿妈，她必须每天跑到七里外的小河去挑水，然后爬到陡高山上去打猪草来养猪，从早忙到晚。

你知道吗

在传统侗族社会里，女性从小留头发，一辈子都不剪，她们十分爱惜自己的长发，把它当作自己身体十分重要的部分。

一日，长发妹背起竹篮上山打猪草，山脚的猪草都被她收割得差不多了，这次她爬到了山腰。这时，她正好看见悬崖壁上有一簇萝卜缨（yīng）。那萝卜缨翠绿翠绿的，看着就很甜脆可口，孝顺的长发妹立马想带回家给阿妈吃。没想到她使劲儿一拔，萝卜缨和圆圆的红萝卜都被拔了出来，石壁上竟然出现了一个洞，一股清泉从洞眼里涌了出来。长发妹十分惊喜，就准备用手去接，没想到萝卜一下子从她手里飞出，重新塞住了洞眼，水再也流不出来了！

长发妹舔了舔干裂的嘴唇，又试着把萝卜拔了出来。不过这次她直接用嘴凑近洞眼、喝了个痛快。那清凉甘甜的水，像雪梨汁一样。她的嘴一离开洞眼，萝卜就又从她手里飞出去，把洞眼堵上了。紧接着一阵狂风把长发妹卷进了一个山洞。幽森阴暗的山洞里，坐着一个满身黄毛的巨人。

黄毛巨人恶狠狠地对长发妹说："我是陡高山山神，虽然你无意间发现了山泉的秘密，可你必须发誓不能告诉别人。你若是告诉别人可以来这里取水，我就杀了你。"他说完，又是一阵狂风，卷着受惊的长发妹回到山脚。

长发妹匆匆地回了家，躲在床上瑟瑟发抖，只要一想起黄毛巨人凶狠的模样，她就害怕极了。这件事她不敢向任何人说，面对阿妈的关怀、乡亲的照顾，她也只能把秘密埋藏在心底。

长发妹虽然胆小柔弱，但是心地十分善良。当她看见干裂的土地，枯黄的庄稼；当她看见乡亲们每日跑到七里外挑水，累得汗流浃背，气喘吁吁，她多想把山泉的秘密告诉大家。她痛苦极了！她食不下咽，夜不成眠，整个人像失了生气，每天什么话也不说。她的长头发也从油黑变得枯黄，从枯黄变得雪白，也不过几个月而已。她也没心情打理它，就任由它披散着。

乡亲们觉得怪极了，长发妹年纪轻轻的，怎么就满头白发了。热心的乡亲还送来了鸡蛋说让长发妹补补身子。她呆呆地看着来来往往的乡亲，嘴唇都被咬出了血印子。

一天，长发妹刚打完猪草，看见一个白胡子老爷爷挑水回来，一步一颤，小心地在路上走着，可是他没注意到地上的石头，被绊倒在地，水泼光了，桶摔坏了，腿也受伤了，直往外冒血。长发妹赶忙过去扶起老爷爷，替他绑住伤口。

只见老人流下了两行浊泪，他顾不上自己的伤，只心疼那浪费的水。他嘴里不住念叨着："水啊，我的水……"

长发妹内心百感交集，最终善良战胜了自己的怯懦。她的目光越来越坚定，像是重新找回了活力，她笑着大声说："爷爷，陡高山上有山泉，泉眼被萝卜堵住了。只要拔掉萝卜，砍碎它，把泉眼凿开，我们以后就有源源不断的山泉水可以喝了。这是真的，我喝过那水！"

她不等老人作何反应，便站了起来，拖着长长的白发，在村里一边跑，一边喊出了山泉的秘密。她觉得痛快极了，连死亡也没那么可怕了！她说了自己发现泉水的经过，唯独没提山神的威胁。

大家都知道长发妹的秉(bǐng)性，不会说谎骗人，便纷纷拿起菜刀、钢凿，跟着长发妹爬上陡高山，找到那处山崖。长发妹用力拔下石壁上的萝卜，丢到石头上，催促着大家快把萝卜砍碎。几把菜刀一起出手，三两下就把萝卜砍成了渣渣。泉水流了出来，可茶杯那么大的洞眼根本不够泉水通过。

长发妹又喊道："大家快用力凿洞眼，越宽越好，快凿呀！快凿呀！"

拿着钢凿的乡亲们二话不说，开始一起用力，洞眼有碗那么大了！再过一会儿，洞眼有水桶那么大！最后，洞眼竟有水缸那么大！泉水向下奔流，形成了瀑布与小河。大家欢笑着，追随着流水奔跑起来。

长发妹欣慰地看着众人欢呼雀跃的身影，就在这时，她感觉到了一道狠厉的目光死死地锁定着她，她根本逃脱不了。是黄毛巨人！一阵狂风把长发妹卷到洞中。

黄毛巨人的声音就像刀子一样锋利，黄毛巨人说："你不但违背了诺言，还把红萝卜砍碎，把洞眼凿开，我要把你杀死！"

长发妹淡定地把白色的发丝别在耳后，说："我不怕，为了大家我愿意死。"

她的态度惹怒了黄毛巨人，那巨人绕了几圈，才想出了一个更阴狠的招数。

巨人说："很好，我偏不叫你死得那样痛快。我要让你躺在山崖上，让冰冷的泉水从高处冲在你身上，永生永世受尽痛苦。"

长发妹不由自主地打了个寒战，不过她依然坚定地说："我不会后悔自己做的事情。只是在这之前，请你让我回家一趟，安顿好我生病的阿妈和几只小猪崽。"长发妹脑筋转得飞快，她需要撒一个谎来瞒住阿妈和乡亲们，不让他们为自己担忧伤心。

黄毛巨人想到长发妹和家人生离死别的场景，就十分兴奋，说："好，我就让你回家一趟。回来后你自己躺到山崖上。你要是敢不回来，我就封住水口，杀死全村的人！"

长发妹点了点头，就被狂风卷到了山脚。她拍了拍身上的灰尘，望着清澈的泉水和湿润的田地，甜甜地笑了。她回到了家中，猛地扑到阿妈的怀里，紧紧地抱住阿妈。虽然经历了那么多，但其实她也才刚成年而已。

阿妈抚摸着她雪白的长发，慈爱地说："怎么了？"

她摇了摇头："我是舍不得阿妈。其实，我能知道陡高山山泉的秘密，是我遇到的一个仙女告诉我的。她看我手巧勤快，便想让我伴她左右，只是这一去就不知道要多少年岁才能回来了。"

阿妈高兴地说："这个仙女可是咱们村的大恩人啊，而且你能跟着去过神仙日子，活得长长久久，阿妈就什么烦恼都没有了。你不用担心家里，邻居和乡亲们也会帮助我们家的。”听说女儿能过上更好的生活，真是比吃了什么灵丹妙药都管用。

长发妹的泪珠扑簌（sù）簌地往下掉，还是硬挤出了一个灿烂的笑容。她告别了阿妈，又去猪栏摸了摸小猪仔，就毅然决然地离开了家，朝着陡高山走去。她长年在山上打猪草，对山上的一草一木都有着别样的感情。

当她经过一株大榕树时，她就像抱着阿妈一样抱住了那粗大的树干。她说：“老榕树啊，谢谢你这么多年为我遮阳，可惜我以后再也来不了了。”

她话音刚落，树后就转出一个身材高大的绿衣老人。老人说：“小姑娘，你别哭，你的事情我都知道了。你是个善心的姑娘，我已经想好了救你的办法。我凿好了一个石头人，让它代你受苦刑。”

绿衣老人领着长发妹到了大树后面，那里躺着一尊石雕，那窈窕的身形，柔美的脸蛋都很像长发妹的模样，只是没有头发。长发妹惊讶地张开了嘴。

老人解释道：“石头人还差你的长发，小姑娘，你且忍住痛，我需要把你的头发扯下来，安在它的头上，这样就能瞒过山神了。”说完，老人就一束一束把长发妹的头发扯下，安到石头人的头上。那发根就像有生命一样，立刻在石头上生了根，牢牢固定住。

长发妹摸着自己光秃秃的脑袋，傻呵呵地笑了：“我一点儿都没觉得疼呢。”

老人也笑了：“傻姑娘，快回家吧，剩下的就交给我。”

他扛起石头人，三两下就跳到了山崖上，把石头人横着放好，泉水冲到石头人身上，顺着那雪白的长发流下山去，那就是后人所说的白发水了！

点拨

人们常常将长长的头发比作瀑布，这里却将瀑布比作少女的“白发”，并由此想象出这个温柔浪漫的故事，表达出了当地人对于这条“白发水”的喜爱和感激。

长发妹呆呆地看着，忽然觉得头皮好痒，她伸手一摸，却摸到了新的头发，不过一小会儿，长发就垂到了地上。乌黑油亮的头发，还是最初的样子，长发妹高兴地想找绿衣老人分享这个好消息。

可是许久，绿衣老人都不曾出现。一阵微风吹过，大榕树树叶颤动，仿佛在说：“小姑娘，山神被瞒住了，你安心回家吧。”

长发妹满怀雀跃地往家走去，她的阿妈拖着病体守在门口，似乎在等人归家一样。阿妈看到长发妹，眼睛里闪烁着泪花。

阿妈不敢置信地问：“长发妹，你不走了？”

长发妹哽咽地说：“嗯，不走了，我要一辈子和阿妈在一起！”

阿妈摸着女儿黑亮的长发，哼起了快乐的歌谣，就连家中的小猪仔都发出了高兴的哼哼声……

马头琴（蒙古族）

在察哈尔草原上，有一个小牧童叫苏和，他很小时父母就没了，一直和奶奶生活在一起。他们祖孙俩一直靠放羊为生，后来奶奶年纪大了，苏和就不想让奶奶辛苦，自己一个人每天天不亮就赶着羊群去吃草，等到下午再赶着羊群回来，然后帮奶奶做晚饭。

苏和在这样日复一日的生活中，长成了十七岁的小伙子。他自信活泼，热情勇敢，还有一副动人的歌喉以及强健的体魄。草原上的牧民都很喜欢他，也喜欢听他唱歌。

有一天，天都彻底黑了，苏和却还没有回来，这是从未有过的情况。奶奶焦急地和其他牧民打听，却没有任何消息。正在大家准备出去寻找他的时候，苏和赶着羊群回来了。

奶奶哭着拍了苏和一下，问道："你这孩子跑哪里去了，我快担心死了。"自从苏和的父母去世后，苏和就是奶奶唯一的期盼了。

苏和忙安抚奶奶："奶奶，让您担心了，对不起。我在回来的路上看到一只刚出生的小马驹。它腿受了伤，躺在地上站不起来，我便把它抱了回来。我怕走快了会碰到它的伤口，这才回来得晚了一些。”夜色漆黑，要不是苏和说起，大家都没注意到他怀里还抱着一匹白色的、毛茸茸的小马驹。

小马驹在苏和的精心照料下，逐渐恢复了健康，长成了一匹神骏的白马，附近的牧民看到了都啧啧称奇。苏和也非常喜爱这匹白马，每天为它梳理鬃毛，喂给它最好的草料。抚摸着白马的脖颈，看着它温柔的杏眼，苏和知道它既聪明又有灵性，甚至能够听明白自己的话。

一天夜里，正在睡梦中的苏和和奶奶被一阵急促的马叫声惊醒。苏和忙披上衣服，跑出蒙古包查看。原来是白马挡在羊圈外，正在和一匹饿狼搏斗。白马一边不停地用蹄子踢饿狼，不让它靠近羊圈，一边发出嘶鸣声，呼唤苏和快来。在苏和的加入下，饿狼彻底落入下风，只得夹着尾巴离开。

苏和抱着白马的脖子，说："谢谢你，若是没有你，我和奶奶的羊群一定会被饿狼咬死几只羊。"白马不会说话，只是温柔地蹭了蹭他的脸颊。

到了第二年春天，察哈尔草原要举办赛马大会。邻居找上了他，说："苏和，你快去参加赛马大会吧，你的白马一定会夺得冠军。"

你知道吗

赛马大会是游牧民族，比如蒙古族、哈萨克族等的传统节日，是少数民族民间重要的娱乐活动。马蹄间的追逐，是人与人、人与天地之间最为热烈的情感交流。

苏和一边不紧不慢地把最后一只羊赶进羊圈，关好门，一边回答："我不感兴趣。"

邻居卖力地劝说："这次赛马大会可不一样，我听说阿善王爷想给自己的女儿选出察哈尔草原上最强的勇士做丈夫，才举办了这场大会。苏和，你年纪也不小了，该娶亲了，有当王爷女婿的机会，干吗不去试一试呢？"

苏和的反应还是很冷淡："王爷是不会舍得把女儿嫁给我这个穷小子的。"

奶奶却不以为然，立刻说道："去！为什么不去！我的孙子不比别的勇士差，苏和，你就带上你的白马去赢个冠军回来！"白马也发出了催促的嘶鸣。为了不让奶奶和白马操心自己的婚事，苏和只能去参加这次的赛马大会。

果不其然，苏民和白马在大会上表现得最为英勇，一举夺魁（kuí）。可是阿善王爷却反悔了，他看不上这个穷小子，绝口不提招亲的事情，反而提出要花五个元宝买下苏和的白马。

“王爷如果不想把女儿嫁给我，我绝无怨言，可是这白马，我是绝不会卖的。我是来赛马的，不是马贩子。”苏和准备骑着白马离开。可王爷却被下了面子，十分恼火，立刻命人把苏和打个半死。

王爷牵着白马的缰绳，一脚踩在苏和的脸上，傲慢地说:“我是王爷，我想要的东西你就该乖乖地双手奉上。”苏和已经无力反抗了，他只能用尽全力示意白马不要反抗。他宁可失去白马，也不希望白马因为反抗而被王爷杀死。

王爷带着一帮人呼啦啦地离开了，牧民悄悄把苏和送回家中。他躺在床上昏迷了三天三夜才悠悠转醒，奶奶就坐在他身边垂泪。

苏和强忍着伤痛，虚弱地笑了笑:“奶奶，我没事。”

奶奶一脸懊悔:“都是我的错，我不应该逼着你去参加那什么赛马大会。”

苏和故意说:“可能是长生天觉得奶奶精神头这么好，哪怕我晚几年成亲，奶奶也能带着重孙子一起玩。”

奶奶破涕为笑:“呸，谁要和小娃娃一起玩，我这把老骨头可是要帮你带孩子的。”

苏和笑了，把心底的落寞都藏了起来。养伤的日子里，他经常发呆，想着白马吃得好不好，有没有人打它，有没有人帮它梳毛……

奶奶觉得他在床上躺得都快发毛了，必须出来晒晒太阳，骨头才能长得更强壮。苏和就把发呆的地方换成了羊圈前。忽然他听到一阵熟悉的马蹄声由远及近。苏和吃力地站起来，正是他的白马！

白马朝着他飞奔而来，苏和也激动地朝白马跑去。苏和的嘴咧得大大的，露出雪白的牙齿，可是很快，他收起了笑容，他发现白马身上中了十几支箭。仿佛回到苏和身边，便是它最后的心愿，白马心头那口气散了，再也支撑不住，倒地不起。

苏和颤抖地抚摸着白马，泪如雨下。他喃喃道："你怎么这么傻，我宁愿你好好活着……"他心里明白，白马的伤肯定是王爷造成的，或许是因为白马想要逃跑，或许是白马进行了反抗。其实他猜得八九不离十，王爷抢到白马后，便选了良辰吉日办了场宴会，广邀各路达官贵人，来炫耀自己得到了一匹良驹。

喝了几轮酒后，王爷命人将白马从马厩(jiù)里牵出，跨上马背，打算亲自表演马术，没想到看起来温顺的白马竟然暴起，把他重重地摔到地上。王爷大怒，想要用马鞭教训它。结果白马趁机挣脱缰绳，冲出王府，向草原深处奔去。

> **点拨**
>
> 白马虽不是人，但通人性、重情重义，它用实际行动表达了自己的愤怒和选择。愤怒的岂止是白马，其实这也是百姓们对权贵无声的反抗。

王爷脸面尽失，怒吼道："来人！抓住它！死活不论！"于是弓箭手放箭，射伤了白马。那些伤并不是致命处，白马若是留下来还可能活命。可是白马却坚持选择跑回苏和家。因为赛马会上王爷看不起苏和，也不曾留意他的名字和住处。再加上草原的牧民都是逐水草而居，他就算是想报复，也找不到人了。

白马轻轻地叫了一声，打破了苏和的猜想。它似乎在得意地说："我厉害吧，我从大坏蛋那里逃出来了，我找到你了。"白马将头靠在苏和的怀里，幸福而满足地闭上了眼睛。白马死了，苏和却不愿相信眼前的一切。他不吃不喝，守在白马的尸体旁边，连奶奶也劝不动他。他累极了，陷入了昏睡状态，梦里他见到了白马。

白马温柔地舔掉了苏和的眼泪，开口说话了："主人，不要难过，我会一直陪在你身边。我的筋骨可以做成一把琴，当你想我的时候，就拉奏一曲，我最喜欢听主人唱歌弹琴了。"

苏和叫着"白马"从梦中醒来。他擦干了眼泪，按照白马的话，用骨头、筋和马尾毛做出一把琴。当他思念白马的时候，就会拉动琴弦，用悠扬哀伤的曲子，诉说着自己与白马之间深厚的情谊。后来，马头琴逐渐成了众多蒙古族人最喜爱的乐器。

种金子的老汉（维吾尔族）

从前，有个沉湎酒色、昏庸无道的国王，他定下了极高的赋税，像豺狼一样榨取百姓的血汗钱，只为了自己挥霍享受。眼瞅着国家一天天衰败，百姓甚至穷到十家合用一口锅的地步，国王和大臣们也不管这些。

“哪里有压迫，哪里就有反抗”，老百姓实在忍受不下去了。他们约好了时间地点，聚在一起商讨对策。有人提议：“我们不如写一封请愿书，告诉王上我们的苦难，请求他减轻一些苛捐杂税。”大家纷纷点头表示认同，他们也想不到别的好办法了。

这时，一个老汉站了出来，说道：“大家向国王请愿的办法，我估计没有用。他不会愿意放弃自己奢侈的生活来减轻我们的痛苦。如果大家愿意相信我，我倒有个妙计，管叫那国王无话可说。”

大家赶忙追问是什么办法。老汉回答：“大家凑些金子，我就能用这些金子把国王宝库里的金子全都弄出来分给大家。”

大家更疑惑了：“你能有什么办法？”

老汉神秘地说：“这你们就不用操心了，只要有了些金子，我就会把一切都安排妥当的。”想到平日里老汉也是个聪明且热心的人，大家都愿意相信老汉，便想尽办法凑了两秤子金子，秤子是维吾尔族古代的计量单位，相当于二十斤左右。

每逢星期五午后，国王都会出宫打猎，老汉就把金子埋在国王必经的沙堆下。

到了国王打猎的日子，老汉早早等在那里。远远地看到国王和大臣们骑着马出城打猎来了，老汉便开始装作细心筛(shāi)沙子的样子。国王和大臣到了跟前，对老汉的举动感到很奇怪。

国王问道：“你在这里干什么？”

老汉行了个礼说：“尊敬的陛下，俗话说‘有活者长乐，无活者贫穷’，我正在忙我的活呢！”

点拨

民间的俗语，既表现了人们对勤劳的赞美，也讽刺了国王的荒淫无度、不问国事。

国王更纳闷了，这时候，他隐隐约约看到熟悉的金色，便命令道："你细细说来。"

老汉故作神秘地说："还请您屏退左右，我才能告诉您。"等大臣们退下，老汉才接着说，"别人都是种庄稼，而我是种金子。我每星期在这沙里种些金子，等到星期五就能收获更多的金子。"说话间，他就从沙子里筛出了一些黄澄澄的金子，国王眼睛都看直了。

老汉见国王被金子迷住了眼，便故作遗憾地叹了口气："可惜我的本事虽好，就是没那么多金子当种子。要是我能种出来更多的金子，一定献给您。"

国王一听乐了，说："为了奖赏你的忠君之心，我来提供金子，你就专门为我种金子吧。"

老汉高兴地行礼，第二天就从国王那里领到了一秤子金子，显然国王还不是特别信任他。到星期五那天，他把大家凑来的金子添了一秤给国王送去。国王喜得合不拢嘴，但还有些不放心，于是又给了一秤子金子，让老汉再试试看。结果老汉又收获了一秤子金子，也就此彻底赢得了国王的信任。国王这次把金库都交给了老汉，里面的金子任凭老汉取用。

老汉把金子都分给了老百姓，大家拿到金子开心得很，但是又担心老汉会被国王降罪。老汉微微一笑："不用担心，你们且看着吧。"

到了星期五这天，他便抹着眼泪一路走到国王面前。

"这是怎么了？"国王虽然不在意这老汉，可他在意老汉种金子的本事和那堆金子。

老汉哭得越发伤心，一边哭一边解释道：“陛下，陛下……种上的金子全旱死啦！”

皇帝一听，怒火中烧，大喊道：“不可能，金子怎么会旱死？！我不相信！”

老汉淡淡地说：“陛下！你既然能相信沙子里能够生长金子，怎么不能相信沙子也能够旱死金子呢？这都是天意。自古没有什么地里的庄稼能永远丰收，我们只能等待下次机会。”

听了老汉的话，国王百口难辩，眼前一黑，昏过去了。